11/81 0.1.12.81 20.40

Le guide des chagrins

Michel Bédu

Le guide des chagrins

ou

*Comment tirer parti
de ses déconvenues*

PRÉFACE DE
PIERRE DANINOS

Albin Michel

© Éditions Albin Michel, 1981
22, rue Huyghens, 75014 Paris

ISBN 2-226-01126-9

« Loin de s'émerveiller,
la pensée objective doit ironiser. »
GASTON BACHELARD
La Psychanalyse du Feu

Préface

Je n'aime guère les préfaces. Généralement on les saute. Quelquefois elle sont si longues qu'elles vous empêchent de lire le livre. Enfin, elles font vieillir : quand on commence à vous demander des préfaces, c'est que vous n'en avez plus pour longtemps à écrire des livres.

Cette fois, tout de même, j'ai accepté. Ce titre de Guide des chagrins *m'a, sinon réjoui — ce serait trop paradoxal —, du moins plu. « Chagrin » a un côté désuet, gentil et, comme « gentil », ne se dit plus beaucoup (quand on dit de quelqu'un qu'il est gentil, c'est plutôt mauvais signe). « Chagrin », donc, ne s'emploie plus guère qu'en parlant des enfants —* il a eu un gros chagrin ! *— ou du général de Gaulle («* Les Trois Chagrins du général *»). Dans ce dernier cas, il est bien évident que le gros chagrin prend une dimension phénoménale, quasi historique. Mais enfin, il faut bien reconnaître que, si l'on témoigne à quelqu'un de la sympathie dans une épreuve, on évoque plus sa peine, sa douleur, son mal, que son chagrin.*

Le guide des chagrins

Voilà donc le chagrin rendu à sa véritable destination — ce qui est méritoire dans un temps où le vocabulaire déménage et où l'on dit d'un imper qu'il est terrible; d'une chanteuse triomphante qu'elle a fait un malheur.

J'ai toujours eu de l'inclination pour les guides, voire les antiguides, ayant même songé un instant à établir un antiguide du tourisme : le voyageur arrivant à Florence ou à Venise déjà fatigué par les jubés et les narthex, les crucifiements et les décollations, et tous ces transepts dr., nefs g. et chap. absid. qui ne semblent jamais tourner dans le sens du manuel que l'on a en main — se verrait offrir un non-emploi du temps lui permettant d'échapper à tous les pièges des sacristies, des oubliettes, des gondoliers.

C'est sans doute pourquoi j'ai été attiré par ce Michelin des chagrins (traité par Michel Bédu d'une façon plus littéraire), avec ses chagrins trois étoiles, ceux qui valent le détour et permettent de jouir (on jouit beaucoup dans les guides) d'un point de vue exceptionnellement mélancolique — mais aussi avec ses saint-bernard chagrinopathes aptes à les réduire, à les chasser, ou à indiquer comment s'en accommoder, tant il est vrai qu'il y a des gens qui vivent sur leur chagrin comme d'autres sur leur guerre.

Le sujet en question m'a amené à me demander s'il y avait encore, de nos jours, des gens qui meurent d'amour. Sans doute, quand on n'a rien d'autre à faire. Mais on en parle moins que naguère. Ce doit être « dépassé ». J'en ai la preuve lorsque je vais jouer au tennis. Les deux choses n'ont aucun rapport — et pourtant...

Quand j'étais jeune, dans les vestiaires, je n'entendais parler que des prouesses amoureuses des membres

Préface

du club, et de la façon dont ils avaient « remis ça » trois, quatre, voire (mais on ne voyait pas) cinq fois. Cela me donnait des complexes d'autant plus grands que j'étais plutôt petit. Même en faisant la part de l'exagération, j'en étais venu à attribuer ma faible moyenne à un défaut de fabrication. Aujourd'hui, dans le même vestiaire rénové, plus question de femmes, d'amour, mais de poids, de ligne, de forme, de diététique... Aux cœurs gagnés ont succédé les kilos perdus, l'arthrose — et je ne parle pas seulement des vétérans mais de la belle jeunesse mûre.

Alors ?

Alors ça ne prouve absolument rien, si ce n'est que, dans beaucoup de conversations, l'amour finit par avoir moins de poids que le poids. A part quoi, on fait l'amour tout autant (ou tout aussi peu) qu'auparavant, mais on n'en fait plus une histoire, ni trois actes.

Plus secrets, les chagrins demeurent, et restent toujours les mêmes.

Ayant donc trouvé bonne l'idée d'un Guide des chagrins, et originale sa composition, j'en ai recommandé la lecture à l'éditeur qui le publie, sans crainte de le voir répondre à l'auteur, comme le faisait Samuel Johnson : « Votre manuscrit est à la fois bon et original. Malheureusement, la partie qui est bonne n'est pas originale, et celle qui est originale n'est pas bonne. »

Pierre DANINOS

Pleurez,
nous ferons le reste...

Rien de mieux qu'un bon chagrin pour vous remettre des débordements d'un gros bonheur. Le chagrin vous sauve et souvent à votre insu. Le chagrin rassure quant à l'existence du monde. Alors que la joie enivre, assez sottement, il faut l'avouer, vous sort des rails, vous oblige à vous réveiller la nuit pour tâter si vraiment c'est vrai, le chagrin s'accepte d'emblée, ou plutôt vous accuse réception d'un moi dont vous veniez à douter. Le chagrin vous rend aux réalités du monde, aux réalités triviales du jour le jour, contre la mortelle utopie du printemps et des petits oiseaux.

Je lisais dernièrement une chose amusante sur la manie du pied à coulisse dont s'est emparée l'inquiétude sexologique : est-ce que je tu il joui(s)t bien, et comment et combien de fois ? N'avez-vous pas de cor à ce pied-là ? etc. On s'interroge maintenant sur l'orgasme comme naguère sur l'impétigo. Oui certes, l'orgasme ce n'est pas mal. Encore que fugitif. Pour moi, en tout cas. Rappelons à ce propos que les dames, sinon les demoiselles, mieux équipées que nous, peuvent, disent les sexologues toujours, renouveler la chose indéfiniment, jouisseuses perpétuelles. Tant mieux pour leurs frissons. Donc l'orgasme, c'est bien. L'ennui est que les femmes interrogées soient infoutues (oh! pardon) de vous expliquer ce qui se passe exactement. Cependant, n'allez pas croire que je me trompe de trou de serrure, vous embarquant, à l'instar de Masters et Johnson dans l'expérimentation copulatoire. Queue non. Je voulais simplement vous confier qu'à mon avis — qui en vaut un autre —, eh bien, entre le plaisir du bridge et celui de l'orgasme, le plaisir du chagrin est incomparable. Nous abordons ici au Jardin dont le Poète a scandé les délices.

— Quel poète?

— Euh..., je ne sais pas. Quelque murmurant à luth, dans le Grand Absolut de l'Universelle Poésie...

— Où ça?

— Là-bas, quelque part en Orient, en Perse ou au Liban. A moins que ça ne soit par ici, dans la fraîcheur alarmée des saules pleureurs... Mais suivez-moi plutôt. Le chagrin? Incomparable, dis-je.

D'abord, il est certainement plus personnel, plus original que la façon de jouer au bridge ou à l'amour. La morsure acide du chagrin procède de l'expérience purement individuelle. C'est elle qui burine et fane les visages, sans que l'on puisse jamais confondre leur histoire, en dehors de ces éphémères ressemblances en l'intégrité de la jeunesse, dont le vieux Ronsard a si bien célébré les roses. Deux visages qui ont « vécu » sont, sans autre référence que leur propre aventure, ce cheminement à travers ombres et lumières où les coups ont marqué, indélébiles. Vous le savez : à partir d'un âge qui se fait de plus en plus certain, on a la gueule qu'on mérite. Jugement sévère, mais où il y a du vrai.

Bien que toujours inattendu, parce que l'homme (autant que la femme, bien sûr) cultive son imprévoyance par d'éternels espoirs, le chagrin est pourtant sans surprise. A bien y réfléchir, il est même la seule certitude, alors que par ailleurs nous n'avons que des probabilités. Non seulement nous y sommes préparés par les mille descriptions que nous avons lues de nos semblables, mais encore l'instinct de mort qui veille en nous a fait du malheur un familier de la maison : la vie, aveuglément, veut vivre, mais nous savons que vivre, c'est la plupart du temps souffrir. Tout être cogitant se trouve, vis-à-vis du chagrin, en situation d'attente. C'est comme de se réjouir du soleil, en sachant qu'un jour — bientôt — il gèlera à cœur fendre. On sait qu'on n'échappe pas plus au chagrin qu'à la mort. C'est du même ordre. Un beau désordre.

Le chagrin est aussi, certainement, le plus fidèle de nos compagnons, toujours prêt à intervenir sur un signe du destin. Que d'âmes romantiques ont, en leur for intérieur, langui pour de belles souffrances qui ne percèrent pas assez vite... Quelle femme, évaporée en sanglots surchauffés, n'a pas envié le calvaire de Manon, les zigzags véhéments de George Sand ? Qui n'a pas rêvé ces sanglantes passions de nos tragédies, soupiré avec Camille, grincé avec Pyrrhus, griffé avec Hermione, regretté de n'avoir pas à « épouser le vieux duc » ?... C'est bien qu'il est notre indispensable pain noir. Le chagrin, comme les époques, patine une vie, lui donne du corps et ses lettres de faiblesse : ...et nul ne se connaît tant qu'il n'a pas souffert. Naturellement, il faudra s'habituer à une certaine modestie : nous n'avons pas cette élégante facilité de souffrir d'un Musset. Une femme, qui m'a désaimé à mesure de me connaître, me disait : « Tu as une étonnante faculté de souffrance. » Faculté que je n'ai pas cessé de vouloir atrophier en pensant avec Alain qu'on devrait « prendre son chagrin comme un mal de ventre ». Le plus gênant reste de souffrir loin de la rampe, de se morfondre dans l'anonymat, de ne pouvoir prétendre à la « une » de *France-Soir*. Comme le dit Bellement Marie-Paule dans une chanson déchirée : Vous ne pleurez pas comme Soraya. Rompus à cette sagesse, nous accepterons que le chagrin fasse figure de bon chien, ombre fidèle qui met ses pattes dans nos pas. Nous y verrons le témoin d'une existence qui, à un moment donné, a eu un sens — même si ce fut un contresens —, qui s'est illustrée dans le dépassement d'un piètre quotidien.

Enfin le chagrin, si nous l'évaluons en moyennes, est le plus constant de nos avatars. Beaucoup plus régulier que nos envolées fébriles, il ne nous lâche pas volontiers, il fait dans le

Pleurez, nous ferons le reste...

genre loyal serviteur, lampe de chevet, vieux souliers increvables. A part une hausse vers la fin de l'été, le marché du chagrin est stable. Inutile de vous contorsionner pour vous glisser entre les anneaux de ce serpent-là ; il y a place pour tout le monde et rares sont les oubliés. On se bouscule un peu, au sortir des plages, sur le perron des villas estivales, vers septembre-octobre, en effet : à cause des premières laines de cœur, les fins d'été désenchanteur, les vagues rhinites des amours de vacances qui durent ce que dorent les ruses, pas longtemps : le temps d'un été pourri. Pour les heureux qui ont des vacances ; et les plus heureux qui ont des vacances libres. Mais ce ne sont que les ultimes étals de la belle saison qu'on rangera dans la serre aux souvenirs, avant les prémices des Trépassés. On peut donc considérer que le semper-marché du chagrin tient dans l'année un cours normal. Aigre saveur mais valeurs sûres, pour des placements de célibataires ou des tiercés de famille. *Alter ego* de la patience, le chagrin œuvre dans le calme de nos vies, avec cet entêtement aveugle qui a fait la réputation des fourmis, une opiniâtreté sans éclats, une détermination industrieuse. Le chagrin répugne au combat des cymbales par l'audio-visuel. Il ronchonne à bas bruits, particulièrement à l'aise chez les amateurs de la petite secousse... Comme disaient mes onclétantes : le chagrin mine. Il fait dans l'usure, la sape et la redite.

Évidemment, nous parlons ici de *chagrin* très précisément, de cette sorte d'ennui qui, après avoir eu la valeur lourde qu'on lui trouve chez

Le guide des chagrins

Racine, s'est allégé en assignats pour devenir cette langueur, ce spleen, ce mal de René — ou plus ordinairement cette allergie aux enquiquinements que dispense la vie. Nous ne parlons pas de ces criantes déchirures qui mènent parfois — mais, tout compte fait, rarement — aux extrémités. Le suicidé par balle évolue dans le péplum. Il intéresse le magasinier des chromosomes, le psychiatre, le philosophe, l'homme de religion, l'artiste. Ce guide n'est pas un vade-mecum thérapeutique ni un bréviaire de réflexion à l'usage des mystiques. Son ambition est plus quotidienne. Et s'il peut détourner les victimes de l'abus du Valium (d'ailleurs inefficace et démodé), des alcools coûteux ou de la tentation du phénobarbital, il n'aura pas été rédigé en vain. Frères souffreteux, sœurs pitoyables, vous êtes, croyez-moi, somme toute de bons vivants, mais qui vous accommodez mal d'un hôte qu'on n'avait pas invité : ce croquemitaine, qui croque autant de « monsieurs » que de « madames ». Ce guide nourrit le louable dessein de vous aider à vivre *avec,* et si possible mieux. Moins par le recours à des trucs (qui peuvent toutefois avoir quelque intérêt), à des « Secouez-vous, que diable ! » que par une technologie de l'esquive. Ou : comment lui fausser compagnie. L'existence est — mais il ne faut pas s'y arrêter — truffée d'emmerdeurs, comme vous savez. Essayons de caser le chagrin parmi ces emmerdeurs-là. Et tâchons de l'acclimater à notre absence, de le séduire par télégramme, bref ! de s'en faire oublier. Mais auparavant, examinons bien la Bête, sachons de quoi il retourne. C'est pour-

Pleurez, nous ferons le reste...

quoi, sans craindre de vous enfoncer dans le noir, suivez-nous d'abord tout au fond du trou. Comme disent les gens de décision : de quoi s'agit-il ?

Et si vous trouvez dans ces pages la manière d'un savoir-revivre, un style de fréquentation des chagrins, nous saurons que le bonheur, si petit soit-il, n'est pas un vain mal.

Avant de sombrer...

CONFORTEZ-VOUS en vous acquittant minutieusement de quelques formalités : votre passeport avec visa pour les bourrasques. Si vous êtes d'un naturel prévoyant, une assurance complémentaire (en complément de vos préavis, lettre de licenciement, divorce sans profit, signatures crotteuses de cambrioleurs incontinents, lettre de rupture et autres sanies...), une assurance complémentaire du genre « S.O.S. International » ou « La Concorde ».

Naturellement, un agenda (petit), où consigner par signes exclamatoires (étoiles, astérisques, puissance 13, bougies, etc.) les brèves mais percutantes rencontres. Il sera préférable de ne pas consigner les échecs ni les bévues : les blancs des agendas aident à oublier. Du papier à lettres noir pour vos nuits blanches, quelques bristols tout préparés chez le traiteur de dindes et de corniauds, modèles joints :

De quels papiers se munir ?

Le guide des chagrins

« Ma chérie (mon chou, ma vieille, etc.).

« Délicieusement enlevée en Rolls de vermeil, au saut du train (de l'avion, au parking du Negresco, etc.) par un de ces rois du pétrole qui mettent notre République (notre président, nos P.-D.G., nos grands économistes, etc.) à l'aune de leurs burnous, etc. »

« Cher Bertrand (M. l'ingénieur principal, M. le président-directeur général, etc.).

« Comme tu ne le vois pas, hélas ! sous le ciel dégoûtant de Paris (de Clermont-Ferrand, Rodez, Lille, etc.).

Ou : « Bien que je ne puisse, à mon grand regret, vous faire partager ma félicité ensoleillée, etc., je coule ici, aux Seychelles, à l'ombre des coco-fesses, des jours paradisiaques, etc. »

Des stylos de la même farine, cartes de visite à l'Inconnu(e), permis de se conduire comme on voudra. Et encore quelques cartes : grise, verte, rose (automobilité) selon les frontières convoitées et les peaux lisses à aborder. N'oubliez pas non plus les aérogrammes. Ni quelques adresses de restaurants bien toqués et d'hôtels aux belles étoiles. Éventuellement un plan de Rétro.

Quelles bouées emporter ?   Vos vêtements d'apparat, les plus beaux, les plus confortables, chaussures de bal, mocassins play-boy. Pour le Nord, les fourrures ; pour le

Avant de sombrer...

Sud, frivolités bariolées, paréos, slips infiniment mini. Parfums légèrement poivrés.

Parmi les accessoires, une boussole et une lampe de poche. Vous en aurez l'emploi, s'il vous arrive de perdre le nord et d'avoir à le retrouver au cœur frileux d'une nuit d'encre non sympathique. Vos lunettes de soleil (elles font bronzer les larmes). Des cachets contre les céphalées ; vous laissez naturellement les « maux de tête » aux gens occupés de soucis ordinaires. Quelques remèdes de digestion pour ces paquets qui vous restent sur l'estomac.

Peut-être aussi un duvet où vous glisser au cours d'escales en camp volant. Et comme le chantait Charles Trénet, de la ficelle. On fait tout avec de la ficelle, sauf se pendre aux basques d'un gentleman. Il n'y a, au fait, plus ni basques ni gentlemen.

Bien sûr, ça va sans compter : de l'argent (« ton argent, ton sale argent ! »), le plus possible. Comme disait mon camarade Jojo (et le vôtre aussi sans doute) qui aime à souligner les évidences : l'argent ne fait pas le bonheur de ceux qui n'en ont pas.

En plus des emplâtres pour petits bobos où vous avez vos préférences, on vous impose avec raison quelques vaccins. Vaccinez-vous contre les « fièvres », de façon à en jouir dans l'atténuation. Ce pluriel de fièvre, ma grand-mère l'adres-

Les médecines obligatoires

Le guide des chagrins

sait avec respect à la mémoire des poilus qui firent Salonique, aux légionnaires qualifiés en baroud. Fièvre jaune, rouge, verte, fièvre de cheval, méfiez-vous de tout contact fébripète. Suivez ce conseil de la meilleure amie à qui vous parliez de projets de conquise : « Ah ! je t'en prie, ma chérie (mon chou, ma Lolotte, etc.), repose-toi un peu ! » Georges ou Daniel vous a distancée : ouf ! Enfin seule. Et vous, monsieur, retrouvez ce bon sens, aussi mâle que solide : « Les bonnes femmes ? Des emmerdeuses. »

Votre carnet de santé vous gardera de la passion.

Toutefois, si vous n'avez pas suivi ces raisonnables préliminaires, si vous n'avez pu fuir à temps ou si, malgré tout, le charme des larmes vous semble irrésistible, nous ne vous abandonnerons pas dans l'affliction, nous resterons à vos côtés à la faveur à vos revers. Si l'hirondelle ne fait pas le printemps, elle en est un signe.

1.

Comment réussir un vrai chagrin

L>E chagrin est le résultat d'une inadéquation communicologique. Un exemple simple, quotidien, éclairera cette définition. Il vous arrive souvent, le matin, sur le trajet de votre travail, de rencontrer Durand qui, la main tendue, vous lance en vous croisant : « Alors, mon vieux, ça va ?... » Et tandis que votre femme vous fait la gueule depuis trois jours, que le café passe mal, que votre côlon se livre à une guerre intestine, vous répondez, invariablement : « Ça va. Et vous ? » Chez lui ça va aussi, avec les mêmes excellentes raisons. Cela n'est pas dramatique. C'est chagrinant. De ne pouvoir raconter ni sa femme ni son côlon.

On peut même dire (si on ne peut pas, soyez aimable de me l'écrire) que le drame du chagrin, dans cette négativité intrinsèque, est qu'il apparaît le plus souvent comme *inconsistant*. « La

Un zeste d'analyse

consistance est synonyme de vraie connaissance... Si mon analyse d'un ouvre-boîte est correcte, c'est-à-dire consistante, et si elle révèle mathématiquement ce qu'elle me coûte, je peux en induire la structure générale de mon monde. » Bon. C'est M. Vilem Flusser qui définit ainsi la consistance. Arriver à d'aussi vastes conclusions à partir de moyens aussi modestes qu'un ouvre-boîte, ça me chagrine bien un tantinet, mais l'admiration l'emporte pour la hardiesse d'un tel propos. L'important est d'en retenir que si, à l'inverse, je suis incapable d'analyser mon ouvre-boîte, le monde est un chaos.

Là réside, à mon avis, le problème des fins premières de l'Homme. C'est sans doute beaucoup moins vrai pour la Femme qui achète des ouvre-boîtes automatiques, mécaniques, électriques, et qui se détraquent fort bien dans la semaine, mais desquels elle ne cherche point à induire le monde. Elle vous convie seulement à fracturer ses boîtes de conserve de votre poigne masculine armée d'un couteau de cuisine. Ce qui est indéniablement consistant.

Pour une économie du chagrin

Il en est des vrais chagrins comme il va des bons plats : ils se mitonnent. Les lentes rancœurs mijotent à feu doux. Cuits, les oignons prennent une saveur sucrée qui ne tire plus de sanglots. Mais il faut à ce soin du recueillement, le sel de la générosité, le goût compliqué des aromates, un rien d'improvisation, quelques clous de fantaisie et surtout de la patience — j'allais dire de la ténacité... N'est pas bourrelé qui veut.

Un tel en-cas se prépare au nuancier des idiosyncrasies (vocable qui ne renferme, rassurez-vous, rien d'injurieux, mais qui dit scientifiquement, n'est-ce pas, que tout individu est frappé d'un tempérament particulier). Cette cuisine typique sera donc celle qui fait déglutir au premier chef notre moi, le moi du voisin laissant habituellement nos réflexes conditionnels dans une indifférence torpide, mis à part le minimum de salive requis par la politesse. A chacun sa variante. C'est pourquoi nos livres de cuisine seront annotés de remarques et d'ajouts, connotés de précédents fâcheux et d'expériences lamentables, faisant de nos fiches de recettes des nouvelles cartes du Tendre, atlas des meilleurs morceaux, illustration de nos quartiers vulnérables : Anxiété, Amour-propre, Amour tout court (toujours trop court ; quand ce n'est pas trop long : jamais content !). Mal de vivre, Revers graves et petits Ennuis, et tous leurs méandres d'illusions. Avec vue sur la Vallée des Larmes.

Sans compter, comme avoue Boris Vian dans ses *Cantilènes en gelée,* sans compter les emmerdements. Innombrables.

Ainsi équipés, nous allons dire deux mots, avant de partir, deux mots aux exempts. Les plaisantins dégagés du Service Ordinaire, et qui, juchés sur leurs fringants chevaux, voient partout matière à bien augurer du surlendemain, les réjouis pour qui tout est bien qui finira mieux, nuque rose et cuisses claquées. Ces Giton de la gidouille mènent jovialement tambour partout où les pavés vous blessent les pieds, optimistes résistant aux catastrophes, insoucieux des séismes et des attentats, loin des malheurs et distraits de vos embêtements. Ambulanciers du réparable, blagueurs d'obsèques pour qui les défunts sont des maladroits, bougres versés dans la bourrade (toujours « amicale » bien sûr) — « vous en faites pas, mon vieux, ça s'arrangera, laissez tomber, laissez tomber, la vie est belle et les nanas succulentes... » — ces gens existent, nous les croisons, humant d'un flair gourmand le sillage de vos navigations solitaires, hissant de leurs gestes amples un pavillon de complaisance qui rallierait les mieux égarés, n'était l'attrait de la dérive.

Car ces drolatiques mordent dans le gras de la satisfaction. Ils ignorent tout des saumures du chagrin. Ce hareng saur sec et cette ficelle longue, longue, longue, pendue au clou que vous savez, ne fascinent que les malheureux petits, petits, petits. Je veux dire que l'infortune inespérée dont il est ici question leur est méconnue. La déréliction s'affiche, hurle, badigeonne et se jette par terre, quand ce n'est pas par la fenêtre. Le tourmenté de chagrin au contraire est diaphane. D'une discrétion funèbre. Un peu absent du monde, abstrait de ses rumeurs. Phédon de rues ombragées, il longe les murs de son ennui, en rongeant borne à borne, seuil à seuil, le frein de ses sanglots intérieurs, où grésillent à l'étouffée les champignons de sa culture. Tout soleil lui paraît inintelligible, glaire errant

Comment réussir un vrai chagrin

dans un ciel vide, la robe d'été la plus fleurie le laisse embêté. Les visages ronds des enfants le surprennent, les lilas l'accablent, le 1er mai est une entorse à son calendrier, l'augmentation de salaire une incongruité.

Si vous tenez à réussir votre voyage casanier, revoyez bien la recette du pot-au-feu, en posant d'abord que la vie ne vaut pas la peine d'être parcourue. Avec malgré tout cette restriction, cet os à moelle : à savoir que vous resterez dans la formule, puisque vous continuerez de mettre un pied devant l'autre, jusqu'à l'ultime margelle. Naturellement, je vous vois venir. Vous allez jeter dans le bouillon les ingrédients d'usage, le bouquet garni des fleurs de rhétorique : que la vie n'est au mieux qu'un pilotage automatique. On vit pour continuer à faire comme d'habitude, vivant sans foi, victime organisée par les contraintes, soumise à ceux qui comptent sur nous, bête de somme d'une jungle où on aimerait jouer au bon sauvage, si l'on pouvait vivre les enchantements qu'on a lus. Toute la faute en revient à la mécanique socio-philosophique. Ainsi la vie nous tient, et il est vrai qu'elle se sert de nous.

Nous n'avons pas demandé à y être installé, mais nous y sommes bel et bien — façon de parler... — et pour une période indéterminée. Le plus réjouissant de la farce est qu'elle prendra fin. En attendant l'instant fatal, le plus avisé est donc d'assaisonner de façon appétissante ce que la nature des choses ne manquera jamais de nous fournir : les contrariétés. Si l'on est assez ouvert au monde, à l'écoute d'autrui, réceptif et gourmet, il est rare de ne pas trouver en une journée une bonne dizaine de raisons de voir gâter la sauce. Et d'abord le réveil, ce premier désagrément. L'haleine punaise des aurores laborieuses. Sortir de l'amnios du sommeil, pour échouer sur les aspérités du réel, donne déjà les premières égratignures. Dès l'aube, se reprendre en mécompte, avec le caillou de Sisyphe au bas du lit, le furoncle des avertisseurs dans le pus automobile, le tas de questions non résolues dont on s'était dépouillé la veille jusqu'au sous-vêtement, la guenille — la sienne ! — toujours la même, avec une ride de plus et la permanence des arthroses variées, la cellulite qui poisse les muscles, le poil terne et le teint couleur de brouillard... Ah ! qui supprimera la peine capitale des condamnés à vie de chaque matin (blême *a priori*) ? Question de pure forme, puisque le Ciel n'a comme réponse que les étoiles.

Et si les réveils perfectionnés ont deux sonneries, voire trois, c'est parce que notre premier réflexe est de se préserver en se rendormant. La fuite au plus profond. Cependant, les alliés de la sonnerie d'alarme ne manquent pas : le robinet du voisin, les bruits de la rue, une compagne (un compagnon, c'est plus rare, mais ça arrive) qui attend son café, des mômes peut-être qu'il faut pousser vers l'école... Le tout enrobé de nuit, de dernier rêve, de pluie froide plus souvent que de soleil glorieux. L'autobus, le métro nous révéleront toutes ces figures malmenées, que le saut du lit dans le quotidien a déjà rembrunies. Est-ce pour nous plier à pareil pensum que nous plantons là nos songes, pousse-cailloux à problèmes ? (Oh ! la belle, ah ! la belle allitération que voilà...) Laminés sous la meule de la monotonie (ça continue...), les gens, vous et moi, ne sont plus qu'une pâte incolore, résignée à tous les moules. Considérer son semblable le matin de bonne heure, agrippé aux agrès des transports en commun, est déjà une épreuve. Continuée par l'usine, l'atelier, le bureau, le magasin : odeurs d'ennui mouillé, gueules de service, turbin maussade... Le courant des semaines.

Rien de surprenant que, gavé de ce pouding, le citoyen un tant soit peu ingénieux ait à cœur de s'inventer des dérivatifs, à défaut de remèdes. L'important, c'est la rose. A défaut de rose, la pâquerette ou la marguerite. Il la cueille, au plus pressé, dans la voie sans issue du grand ensemble. Rue du chiendent.

Une vie sans histoires n'a pas de chagrin. C'est une histoire sans vie. Exposez-vous donc aux intempéries de l'existence. Les courants d'air, le chaud et froid, les frissons de toute nature seront la matière de votre quête.

Ayez donc des histoires

Dans ce culte de la zizanie, vous serez aidé par la charité de personnes qui vivent de l'entretenir : les commères, les jaloux minimes, contremaîtresses et chefs de bureau, les chiens de ma chienne et coups de pied de la mule. Et si les choses prennent tournure, les huissiers, les inspecteurs de police, les avocats, tous spécialistes en poursuites et commandements qui vous miradorent l'existence incomparablement. Vous trouverez aisément, dans le gravier des heures, mille raisons d'être envié et détesté. Il suffit d'essayer de se faire quelques vies en une seule. Ce genre de consommation à plusieurs verres, en général, exaspère. Barrès qui a, comme on sait, fait le tour de la question écrit dans son *Jardin de Bérénice,* que je relis toujours avec une tendresse d'automne : « Pour moi, dès mes premières réflexions d'enfant, j'ai redouté les barbares qui me reprochaient d'être différent ; j'avais le culte de ce qui est en moi d'éternel, et cela m'amena à me faire une méthode pour jouir de mille parcelles de mon idéal. C'était me donner mille âmes successives... » Qu'il s'agisse de femmes — ou d'hommes naturellement —, de métiers, de déménagements ou de dadas inoffensifs, on vous jalousera à mesure de votre dispersion. Chez vous, mesdames, votre excentricité ne tardera pas à grattouiller l'attention des curieux. Que ce soit par le vêtement, les propos, le style de votre vie privée, le caractère suspect ou trop lucratif de votre profession, n'importe, on vous épinglera vite. Vous tomberez bientôt sur quelque chagrin. Préparez-vous : faites-vous une méthode. Et pour commencer, essayez de comprendre l'univers des braves gens.

Autrui a tellement besoin de plaindre et de compatir, qu'il n'a de cesse de se fourbir des larmes chez le prochain. Quand les choses traînent sur quelque palier, il recourt, au besoin, à l'artisanat du « corbeau » : insinuations, lettres anonymes, délation et sévices déguisés ; pour les

Comment réussir un vrai chagrin

amateurs versés en occultisme : envoûtements, magie noire, crocs-en-jambe à distance, incantations délétères sur votre identité ; bref ! tous les moyens. On s'occupe de votre petite vie qui, du coup, s'enfle de plusieurs tumeurs. Parce qu'elle s'ennuyait dans une campagne de tout repos, on sait qu'Emma Bovary se tissa une toile d'empoisonnements divers qui l'ont amenée à s'empoisonner. Emma, c'est Flaubert. Et Flaubert, c'est « l'acceptation ironique de l'existence ». Prêtons nos flancs aux traits du monde, et sourions là-haut... Le métier du chagrin vous guérira de l'étourderie. Mais prenez garde de ne pas devenir grave sérieusement.

Parmi ces braves gens, il y a les ultras. Vous connaissez aussi sans doute ces activistes férus de chicane et d'ergoterie, dont toute la cuisine consiste à se faire revenir de nouveaux embarras, cramer de la bavette trop fraîche, pimenter le ragot de moutarde (de celle qui n'en pince que pour le nez), titiller la gamelle de gratte-cul et autre emporte-gueule. Ces cordons verts sont ici nos paradigmes, gâte-sauce touilleurs en ratas d'imbroglios, ce qui donne au théâtre les meilleurs canevas de comédies-bouffes, riches en portes et en tiroirs. Combien de fois n'avons-nous pas entendu à cette occasion : « Ah ! les Pouillousse, leur vie c'est du roman !... » Et il est vrai que tel jambon surpasse en couenne tout ce qu'un romancier, fertile en intrigues, aurait du mal à tartiner. A la passoire de ces contrariants contrariés, nous sommes tous de la semoule de crétin, du pompiste aux prix Nobel. Sur les présentoirs de ce Prisunic d'aménité, chaque jour propose son article promotionnel, bruit qui réjouit ce genre de particulier, dont la grande peur est celle de la tranquillité silencieuse. Doués pour le remue-ménage et le branle-bas, nourris des ravigotes de la rogne, ils ne goûtent vraiment la table qu'avec un grief à décortiquer. Ils sont naturellement le gagne-pain des argus, le petit lait des hommes de l'oie de tous crins, experts en gésiers, et dont les honoraires engraissent de tout ce qui peut être envenimé.

Ces tempéraments sanguins s'illustrent volontiers dans la politique, le boniment à contre-fil, l'apoplexie des matches télévisés, les refus de priorité, l'engueulo coutumière, le chauvinisme de mitoyenneté, et en général là où il y a quelqu'un à contredire et une créature paisible à emmerder. C'est le terrorisme du mauvais poil.

Si vous en êtes, vous pouvez vous flatter de compter parmi les favoris du chagrin, du chagrin acéteux. Si vous êtes des tenants d'en face, tâchez de vous y mettre. Trouvez-vous un emploi dans le pétrin. Devenez assez teigneux pour qu'on s'y pique. Déblatérez, rouscaillez, conspuez, et vous verrez que rapidement les sujets d'activité colérique surgiront. Il suffira d'alimenter quelque prétexte, ce qui, avec le gros des comparses de l'environnement, n'est pas très ardu. Pour vivre malheureux, vivons fâchés.

Dans le cadre approprié d'un couple, vous avez toutes vos chances à domicile. La vie à deux (qui est toujours la vie à plusieurs) enrichit le menu de discordes variées. Que ce soit à propos des enfants, à propos d'un appartement ou d'un

Comment réussir un vrai chagrin

séjour de vacances, des goûts et couleurs, des rébus de cœur et des problèmes d'argent, l'acrimonie s'entretient sans effort. Il y faut assez de mauvaise foi, trois à quatre cuillerées d'entêtement et de contre-vérités, quelques échalotes, ingrédients dont la plupart des humains sont suffisamment pourvus. Dans ce genre de préparation, une accalmie soudaine, un soufflé qui tombe, une levure éventée, un rien : une noix de muscade peut vous inquiéter. Ainsi voit-on des ménages interroger le marc de café parce que « depuis trois semaines, on ne s'est pas engueulés... » Certes, voilà qui peut rendre nerveux. Veillez donc à ne pas laisser s'instaurer une pareille embellie, la tendresse ronronnante de l'insouciance. Ayez toujours quelque pétard à ficher au bon endroit : le « choc-soup », comme affichent certains snacks. Et si vos fait-tout sont mal insonorisés, préparez-vous aux rodomontades de paillassons.

Mais la polka des assiettes et des fruits de saison nous éloignerait de notre propos, que nous laissons sur cet aperçu. Nous allons quitter là les feux et les bris, car cette escrime au jus de tomate convient davantage aux marmitons de cirque qu'aux âmes ulcérées par une misère granuleuse. Le chagrin distingué s'épanouit plutôt sur la moquette, entre des doubles rideaux grenat. Comme nous le disions (mais l'avons-nous bien dit ?), le chagrin hante l'ombre délicate des anémones et des jeunes femmes en pleurs. Leurs violons d'Ingres ont l'accent déchiré. Ici, on ne grince pas des dents, on achève des mouchoirs.

Le guide des chagrins

Achetez d'abord des mouchoirs

Ou volez-les, s'il vous répugne d'investir le moindre sou dans ces chiffons de vos déboires. Et si vous trouvez un seul boutiquier pour s'offusquer d'un larcin aussi attendrissant, écrivez-nous : on lui fera honte.

Commencez ainsi par vous faire plaisir, en vous offrant une jolie douzaine de mouchoirs. Il en est de si légers où des doigts prévenants ont choisi de fleurir vos larmes de teintes pastel et de zébrures mélancoliques. A moins de nécessité, proscrivez le Kleenex, bêtement hygiénique et impropre à conserver toute trace de souvenir.

Cette emplette vous incitera également à ramener votre bobo aux dimensions du mouchoir de poche, facilitant ainsi la réduction du désarroi à un mignon carré fleuri. Les mouchoirs, vous l'avez remarqué, font partie des toilettes bon genre. Je ne parle pas, bien sûr, de ces torchons à rayures grisâtres, dans les plis desquels le sens pratique du campagnard serre ses morves et ses crachats. Il n'est point là question de chagrin, mais de tirer parti de tous les purins.

Naturellement, votre mouchoir sera parfumé. Vous aromatiserez vos rhinorrhées d'une touche d'essence subtile, vétiver ou citronnelle. Si vous avez à portée de larmes quelques fleurs de jasmin, quelque cœur de rose, nichez-les au creux du linon, leur effluve vous pénétrera d'une connivence secrète. Vous vous habituerez ainsi à confondre votre chagrin avec une fragrance exal-

Comment réussir un vrai chagrin

tante. Il en prendra du prix et, devenant précieux, il deviendra rare.

Si vous êtes la maîtresse délaissée ou l'épouse bafouée, ne négligez pas non plus des pratiques dérobées qui, pour communes qu'elles paraissent, vous ont un tour canaille qui peut enrichir le chapitre des compensations : mouchez-vous dans les serviettes ou les rideaux, dans les slips de l'amant, les chaussettes du mari. Et réservez le sel de vos larmes pour les cravates club et les foulards de soie. Au temps des vastes pans de chemise, il y avait là tissu pour toutes les humeurs.

Adjuvants appréciables, pensez aussi à la compresse de camomille, à l'infusion de pétales sur vos paupières boursouflées. Certains naturistes à marottes végétariennes iront même jusqu'à vous recommander les cataplasmes d'argile ou de concombre, le jus de laitue et de potiron, la purée de bananes vertes. Et si vous êtes de ces natures fortes « qui ne pleurent pas », vous pourrez toujours en faire ce dicton pour une jambe de bois.

N'oubliez pas non plus que le mouchoir est un ornement, et qu'habilement tripoté par des doigts fuselés, il évoque, dans le champ visuel d'un monsieur, le drapeau déchiré au lendemain des batailles. Vous profiterez de cet après-guerre, en évitant de gémir sur le tas, tout en laissant assavoir que vous relevez à peine de la grande débâcle, convalescente à ménager, à comprendre et soutenir.

Si nous étions encore en ces époques drapées de tulle, où le visage des femmes s'abritait au treillage avisé des voilettes, je vous conseillerais plutôt l'ouverture mesurée des écluses, rien n'émouvant comme de voir un index ganté de noir écraser une larme par-dessous ces fines mailles, tableau qu'on ne voit plus guère qu'au cinéma. Sur la mode du mouchoir, il y aurait beaucoup à dire. N'est-il pas significatif qu'à travers les temps et les lieux, le vêtement féminin se soit toujours prolongé d'une pièce d'étoffe supplémentaire à usage indéfini, et qui aboutit au châle, au fichu, à l'écharpe ou au carré de tête ? Cette longue bande de coton bariolé, dans laquelle la femme africaine enserre son bébé sur le dos, le *lamba* des Malgaches partant pour la rizière, a sans doute une origine plus proche qu'on ne croirait du mouchoir de Cholet. Proche aussi des larges ceintures, des corsets et porte-jarretelles. Raffinement de la toilette, le foulard a sa variété masculine : la cravate ; et pour ceux qui en portent encore : la pochette. Pour yeux pochés.

Ainsi, peut-on vous offrir, mesdames, un ensemble de mouchoirs de la même façon que vous nous offrez nos cravates : non pour vous faire pleurer, mais pour vous faire plaisir.

Profitez de la nuit...

... pour vous lamenter. Je ne vous ferai aucune révélation en vous disant que l'insomnie est particulièrement propice aux désespérances insoutenables. Les réveils qui ne sont pas tous « matin », singent, en leur tic-tac nocturne, ces mixers au

Comment réussir un vrai chagrin

ralenti, Moulinex broyeur de noir au mécanisme infatigable.

Rien de tel que de subir ses yeux ouverts dans le désert vague d'une chambre close, sur le coup de deux heures du matin, pour que s'animent et grimacent les fantômes de la condamnation. Des montagnes infranchissables surgissent, plissements hercyniens de la solitude (de *Hercynia Silva*, Forêt-Noire), chemins montants, sablonneux, malaisés, tout ce relief redoutable vous cerne, hanté d'assassins, de créanciers, de mégères et de draculas, de supérieurs pervers et de subordonnés sournois... Votre inconscient, amateur de soupiraux, a ouvert, de la clé interdite, le portillon du cabinet noir où veillent les hideux démons, grimaces de vos peurs enfouies... Une rumeur monte... Les vilaines bêtes vont vous harceler de leurs sarcasmes, vous reprocher vos lâchetés, vous calculer votre banqueroute imminente... La prophétie catastrophique ! Vous connaissiez de loin leur existence, interrogée parfois dans le reflet trompeur des marécages ; vous ne soupçonniez pas leur pouvoir aussi dévastateur...

En veine de chagrin, le moment vient pour vous de semer en ces fondrières de la graine de mandragore, racine convulsée des vieux remords, vendredi 13 réversible (porte-bonheur porte-malheur ?), la saison vient de bistouriser le plus vénéneux de vos anthrax et de vous mettre à l'Imitation de Socrate pour apprécier le bouillon de ciguë... Bref ! « Femmes triant l'amairde », comme disait, je crois, un dessin de Chaval : l'amairde de vos cauchemars éveillés.

Et d'abord, cessez de résister. D'épuiser vos

Le guide des chagrins

dernières convictions à réduire vos spectres. Inutile de vouloir les semer dans quelque atoll du Pacifique, aux îles de la Sonde ou de la Société, à bord de *Melody Love* ou de *Love Scorie*. Ils en ont pisté d'autres ! Avec leur drap nylon et leurs chaînes en matière plastique, ces fantômes-là opèrent dans l'aisance, allégés d'anciens poncifs, avec le luxe de l'éternité. D'abord admettre que l'on est coincé et qu'il n'y a plus que le corps à corps. On ne résiste pas à cet occupant-là, on le biaise. Arrêtez donc de vous raisonner. Bertrand Russell, qui n'était pas n'importe qui, l'a dit : on ne transforme pas un état d'âme par un raisonnement. C'est une des rares vérités psychologiques que je tiens pour tout à fait exacte. Peine perdue ; contre de tels assaillants, nous ne faisons pas le poids.

Au contraire, écoutez-vous complaisamment. Avec nos moyens de la petite semaine, c'est tout ce que nous pouvons faire. Laissez-vous donc emporter vers le sabbat de vos défaites, dans la morne plaine de Waterloo, vers cette assemblée de sorcières qui touillent en leurs chaudrons des brouets innommables. De la cuisine au balai de garde-robe. Au besoin, rajoutez un peu de corne grillée dans cette purgation, du poil coupé en quatre, du noir de fumée dans les coins d'horizon. Infectez l'abcès de rouilles incongrues, faites de ce moment d'existence une tumeur généreuse. Descendez au fond de la fosse, ratatouillant aux côtés des diables, dans le vif du sujet, l'abîme de la plaie. Désespérez sans mesure. Le repos de Monsieur n'est pas servi ? Eh bien, nous ferons le service nous-mêmes.

Comment réussir un vrai chagrin

Et nous fignolerons. Agrémentez donc cette substantielle torture d'épices rares, de fictions repoussantes. Votre guide-âne vous somme de ne surtout pas mettre les pieds dans les faubourgs de la ville ? Bonne raison pour y courir. Le guide noir de l'intuition vous y assure des pals et des oubliettes, des misérables rongés de lèpres non répertoriées, des gargotes où la saveur déroutante de la table procède des élevages de rats et de cafards entretenus dans les caves (et ne croyez pas que j'invente : j'ai connu ça...). Ces glacis suburbains vont faire vos délices. Il s'y élève des fumets mortifères. Le syndrome vous y est garanti : vous en reviendrez avec un catarrhe et une chiasse qui vous feront des envieux...

A vous barbouiller ainsi, en vous retournant dans la bauge de votre litière, vous trouverez aisément ce qui pourrait devenir encore plus immonde : la maladie incurable, la réclusion perpétuelle, le décès immédiat de tous ceux que vous aimez, la liquidation de vos biens jusqu'au dernier mouchoir, que sais-je encore... Conviez de vos élans suicidaires toutes ces infortunes. Et tel Job, expert en fumier, conjurez Yahvé d'exaucer des vœux aussi naturels.

Si vous vous êtes assez appliqué, en suivant les flèches du circuit scrupuleusement, bouillons fétides et ruelles de bouges, Succube et l'Ergastule, à déguster pieusement ce qu'il y a vraiment de plus incomestible, je puis vous assurer qu'il se produira quelque chose...

Le guide des chagrins

Devenez votre chagrinologue

Car, ainsi en position du pire, promu vigile au rivage des Enfers, la poitrine offerte aux traits les mieux empoisonnés, vous vous apercevrez — ou plutôt, pour être précis, vos membres, vos muscles, vos vertèbres, votre peau, toute cette belle réalité qui a en vous partie liée avec le bien-être — vous vous apercevrez, à travers eux, du sursis enviable de la situation. Tous contes faits, ce matelas n'est-il pas excellent ? Votre corps ne l'a-t-il pas domestiqué à ses mesures et à ses formes ? Ce lit, où vous vous coulez chaque soir pour y goûter le charme horizontal, n'est-il pas très supérieur à la natte et au tapis persan ?... Les draps sont doux, propres (euh, non, ils sont un peu fripés !... Bon, bon, rien de grave, on les changera demain), parfumés peut-être d'une présence jumelle ; vous y voilà, pour quelques bonnes heures, isolé du brouhaha du monde, entouré d'objets choisis, protégé dehors par des C.R.S. et des anges gardiens de la paix, dedans par des murs, une certaine philosophie et une culture qui, mon Dieu, pourrait être plus mitée (la meilleure, un grand homme l'a dit d'un mot : l'oubli...). N'est-ce pas, convenez-en, rassurant de pouvoir se situer ainsi, ballon de vie anonyme, bulle d'air de l'espace-temps, cocon de chaleur mûri par une nuit ordinaire ?... Où l'existence est tout de même très supportable, davantage en tout cas que sur des rails de chemin de fer, dans l'eau de la Seine ou la puanteur du gaz. Voilà ce qu'il se chuchote quelque part en vous-même. Voilà ce que dit la voix loyale. Le dire avec elle sera déjà un premier retour en satisfaction. Un agrément nouveau se dégage alors de l'exercice de la pensée. Et voici exactement pourquoi... Le temps que vous réunissiez le calepin et votre gentil crayon... ça y est, beaux et belles amis ? (C'est embêtant, ce pluriel toujours masculin...) Ça y est ? Alors, écoutez-moi. Les choses iront tout de suite mieux si vous vous efforcez de redevenir corps, de vous éprouver vivant en tant que chair. De vous confier le plus intensément possible à l'être animal à contre-courant de la pensée. Notez donc, en rectifiant la proposition au plus juste : un agrément nouveau se dégage de l'exercice de la *sensation* (au détriment de la pensée).

Mon Frère le Corps... Ni très beau ni très laid, tu me procures cependant d'irremplaçables plaisirs, dont la subtilité dans le physique et le matériel n'a pas été assez dite. Tu me dispenses un outillage naturel d'une perfection inégalée. Tu m'établis homme émetteur-récepteur à travers mes sens jamais lassés, sens que tu m'as aidé à prolonger par un appareillage fantastique, allant même jusqu'à fabriquer de l'intelligence artificielle. Et si tu es détesté peut-être, tu es aussi aimé, attendu, regardé. Je te nourris et t'abreuve, je te lave et te parfume, j'exerce tes muscles, je t'offre au soleil, à la mer, à l'amour... Et tu es d'une gratitude sans faille : tu es content, tu prospères, tu renouvelles mon sang. Tu me défends contre d'innombrables agresseurs, faisant crible de toute pâture. Tu veilles jour et nuit sur le fonctionnement de mon cœur et de mon cerveau. Qui sait : c'est peut-être grâce à toi que je suis heureux — car mon corps me dit qu'il est heureux. Et tout cela, dans le silence d'une confondante modestie.

Même si tu n'es ni miss Monde, ni M. Univers, tu es mécaniquement beau. Tu m'as classé animal supérieur, fort de toutes ses faiblesses. Si un de mes lointains grands-pères a inventé l'arc et la sagaie, c'est certainement parce qu'une bonne sciatique ou une bonne arthrose (je dis « bonnes » parce qu'elles ont permis le progrès...) l'avait contraint à renoncer à poursuivre le gibier... Aujourd'hui que tout, ou presque, est inventé, on n'a plus qu'à soigner ses rhumatismes.

Quant à l'entourage, même si tout le monde il est ni beau ni gentil, ne sévissent pas que des salauds. La connerie nous cerne ? Sans doute, mais on est toujours le con de quelqu'un. Et pourquoi pas le « quelqu'un » d'un con ?

Peut-être n'irez-vous jamais en Californie ni aux Bahamas : il y a tant de beauté beaucoup plus près. Et de toute façon nous quitterons cette planète avant d'en avoir visité un minimum. Et n'oubliez pas qu'on emporte les chagrins dans ses malles.

Naïf ou distrait, vous aviez cru gagner le paquet au Loto national. Au bistrot, on vous a dit : « Voyons monsieur : sur la même grille ! Il fallait avoir les six numéros *sur la même grille !*... Sinon, pensez donc, ce serait trop facile, allons !... » Trop facile ? Ah ! Corrigez-vous donc de croire en la chance. Il n'y a pas de chance.

Comment réussir un vrai chagrin

Comme on l'a écrit magistralement, il n'y a que beaucoup de hasards avec un peu de nécessité. Votre femme a un amant ? N'est pas cocu qui veut. Et ça vous ferait peut-être un excellent ami. Votre mari vous trompe ? Un mari, ça ne trompe pas énormément, car ça se trompe souvent soi-même. Et qu'est-ce que ça veut dire au juste, « tromper » ?

Naturellement, il y a hélas le malheur. Dans le malheur, il s'agit de faits objectifs, et d'une autre sombre histoire. Mais ce qui n'est pas admissible, c'est de se fabriquer de la peine en attendant le malheur. Profitez donc de la nuit pour vous dire que demain il fera jour. Et que tout reste à commencer. Vivre est périlleux, compliqué ; mais ne pas vivre n'a aucun sens pour ce qui est.

Bien sûr, on peut objecter, contre cette méthode des comparaisons, que les tracas d'aujourd'hui n'éliminent nullement les dangers futurs, la maladie, la ruine, la mort... Il se peut en effet que tout cet équipage nous assaille, et la sagesse populaire, comme on ne dit plus (il n'y a plus guère que les démocraties qui soient populaires) mais qui avait du bon sens et le sens du mauvais sang, nous a enseigné qu'une calamité, heureusement, ne vient jamais seule. La déveine est généralement accompagnée, sans doute parce qu'elle a mauvaise conscience, et qu'il existe aussi, au Livre des aléas, une loi des séries. Mais aucun organisme vivant ne s'empoisonne la vie à anticiper sa mort. Si les revers s'annoncent, on les hébergera ; inutile d'aller les chercher. On ne va pas égayer l'heure qui vient en tirant des plans sur un budget prévisionnel de nos désastres. Qui se révélera faux de toute façon...

Pincez-vous...   Mais j'en vois qui m'ont mal compris, qui me reprochent de raisonner... Je ne raisonne pas. Je me tâte, j'ai sorti mon stéthoscope, je me suis mis à l'écoute du corps... Et je conclus avec le praticien : rien d'anormal, tout va bien. Ça vaut ce que ça vaut, mais c'est certain. Tandis que vos cogitations... Pleurez donc, je fais le reste. Je recueille l'humeur salée, je la présente à l'œil électronique du microscope, qui en a disséqué d'autres, puis je lis la réponse : rien, trois fois rien. Inscrivez donc cette maxime au fronton de vos angoisses : mieux vaut pleurer pour rien que pour quelque chose. C'est bon signe.

Il faudrait, comme aux premiers temps des hommes, essayer de vivre à nouveau dans la *surprise*. Et s'attendre à tout, c'est aussi une manière d'être surpris, et plutôt favorablement.

Nous nous défendons mal contre les pièges de la nuit, assortis de silences, de fêlures suspectes, parfois de clameurs isolées qui viennent encore gonfler nos frayeurs. Alors, fourmi dépourvue autant que cigale qui aurait fait un bide à l'Olympia, pensons à cet univers de nuit infiniment grouillante qui nous entoure, et en regard duquel nous ne sommes qu'insectes mal adaptés... Quel poids peut avoir notre « souffrance » dans le chœur démesuré de tous les malheurs ?

Comment réussir un vrai chagrin

N'est-ce déjà pas extraordinaire que nous ayons conscience d'être l'instrument de la vie en marche?... C'est finalement d'humilité dont nous manquons le plus.

Cela est exact, me direz-vous. Mais ici nous déambulons dans la dialectique. L'état d'un être tourmenté n'entend guère ces raisons. Qui a mal *est* ce mal même. Tout est affaire de seuil de tolérance. Cela n'a à voir ni avec les séismes, ni avec les exécutions sommaires : JE souffre, et si j'admets la mort, j'accepte très mal la souffrance... Certes. Il est vrai que l'exigence de bien-être n'a pas cessé de croître depuis la nuit des temps, et que nous nous sentons moins satisfaits de l'acquis que frustrés de tout le bien qui n'est pas encore advenu. Cette aspiration au bonheur élargi est certainement légitime. Cela n'empêche qu'il n'est pas inutile de se dire de temps à autre que, dans des histoires moins civilisées, on aurait pu se retrouver enfant affamé, esclave, « sorcière » brûlée vive, épouse méprisée et battue, prisonnier politique torturé, juif déporté, etc. (il est terrible d'avoir à dire cet *et coetera*). Même si la piqûre de moustique est mieux tolérée le jour que la nuit, ne pas perdre de vue qu'il s'agit seulement d'une piqûre de moustique. Et non d'une morsure d'aspic, même si la nuit tout est pire.

Et puisqu'on peut tirer profit de tout, vous profiterez de la nuit pour attendre le jour, installé chaudement dans le marécage de l'insomnie... Si votre fonds de résistance est insuffisant, vous vous aiderez des « petits remèdes ». Il y a d'abord la décision d'inverser les temps, de

Le guide des chagrins

faire de la nuit un jour : se lever, s'habiller, sortir, partir à la recherche des gens. Non précisément parce qu'on trouve l'humanité merveilleuse, mais parce que rencontrer quelqu'un sera un premier point de comparaison. Si la paresse de cette petite aube l'emporte, on restera chez soi. On anticipera sur la journée par une activité, un travail en cours que l'on aime, une lecture roborative, du genre pessimisme souriant, une séance de hatha-yoga, de kama-soutra ou d'observation de la Lune... Bien sûr, la musique. La pureté de la musique nocturne est souveraine contre les ecchymoses : Mozart, Liszt, Bach et dix autres. Il y a encore l'écriture (à l'encre bleue), le magnétophone, les menus travaux manuels, la couture, le tricot, et se mettre à table devant quelque excellent reste. Ou manger debout dans la salle de bains. Éventuellement et avec une modération étudiée, les spiritueux. Le champagne donne à la nuit des étincelles bénéfiques. Et la Poésie. Le poème est comme le champagne : il ne fuse que si l'on s'en sert...

Particulièrement pour vous, filles et femmes, il y a le bain, les parfums, le fard, les fanfreluches, le brushing... Et si vous êtes proches de la chlorophylle, et que le temps le permet, l'errance dans les sentiers herbus, en quête de senteurs de foin et de satyres bien élevés.

Pour les gens de religion, il y a naturellement la prière. Anathèmes et jérémiades, dont les livres saints sont prodigues, ont de quoi donner à réfléchir sur un sort bénin.

Et si tout ce colmatage échoue, reste, comme vous savez, le somnifère.

Comment réussir un vrai chagrin

C'est à dessein que je n'ai rien dit des couples qui partagent le même lit. Une rapide enquête nous amènerait à conclure qu'il est plutôt mal accepté par celui des partenaires qui dort — et quelquefois ronfle — d'être tiré de cette béatitude pour débattre avec l'autre de ses sous-états d'âme. En revanche, si la crise vous conjoint en la même veille inquiète, vous avez tout avantage à partager vos mouchoirs, vos confessions, Brahms, la vaisselle et votre champagne. Et pourquoi pas ce qui attendrit toujours la dureté du monde : la peau douce et la gaieté des corps.

Administrez votre boudoir

S'il y a plusieurs membres à la maison, ne gémissez pas tous à la fois, ne déplorez pas tout en même temps. Peu de comptabilité résiste à l'accumulation des krachs. Ouvrez la parenthèse d'un aparté pour rééquilibrer votre bilan. Attachez-vous à une certaine restauration de vos décombres intimes. Et pour mieux juger du présent, portez un regard sur le passé. Vous vous apercevrez alors que bien des revers, et que vous ressentiez comme insupportables sur le moment, ont cependant permis des arrangements avec l'événement, ont ménagé l'installation de palliatifs, le détour de routes nouvelles, l'invention d'un autre rêve. Certains malheurs sont quelquefois — pas toujours — une sauvegarde, une alerte, un recours vers le sursaut. Comme il est dit : c'est souvent un mal pour un bien.

Le guide des chagrins

Sans doute, il y a eu les ratages, les pas de clerc, les occasions manquées. Il est évident qu'on « aurait pu mieux faire », comme écrivaient jadis nos professeurs sur nos bulletins. On aurait pu aussi faire plus mal. La complaisance que mettent certains à s'annoncer comme authentiques ratés est aussi une réclame. D'abord, qui n'est pas le raté de quelque chose ? Mais aussi, quel manque de modestie à ne pas accepter ses maladresses, ses imperfections, ses limites ! Pas de quoi en tartiner des discours ! Faisons ce que nous savons faire, en évaluant nos mesures. C'est bien, c'est tout : la connaissance de soi-même.

La gestion des maux se fera donc dans une juste critique de soi, sans sévérité ni indulgence, et dans l'attente opiniâtre de la lumière. Ayons surtout confiance dans le mouvement. Notre vie est impliquée dans une perpétuelle modulation, tout se déplace, tout se transforme... Rien ne sortirait-il de ce mouvement ? Nous bougeons, nos chemins tournent, nos idées changent, nos habitudes s'usent, d'autres renaissent, nos idées et nos sentiments varient, c'est l'élan de la vie vers ailleurs. Pourquoi serions-nous l'éternel délaissé du sort ? Il y a des nuits obscures, mais aussi de clairs matins dans une vie... Tous les gens qui ont pleuré vous le diront : un jour vient où le chagrin se fatigue, où l'affliction apparaît non seulement désagréable mais inutile. Où il est temps de remiser dans les souvenirs : le malheur est devenu poésie.

On meublera le boudoir de lectures lénifiantes, de projets possibles. Pour les auteurs —

les bons naturellement —, le choix ira dans le sens du courant, ou au contraire à contre-champ de vos soucis C'est selon la pente. Selon que vous puiserez un réconfort dans la description détaillée du malheur d'autrui, ou qu'un recueil d'histoires belges viendra à bout de vos ruminations... « Ta douleur, Du Périer, sera donc éternelle ?... », ou les *Confessions* du larmoyant Jean-Jacques, la noblesse frileuse de Vauvenargues, les *Essais,* le pessimisme distingué de La Bruyère ou de Chateaubriand, *Jude l'obscur, Le Bonheur des tristes,* le délicieux Bachelard avec son *Droit de rêver, L'Apprentissage de la sérénité* de Louis Pauwels, et cent autres remarquables — tous les degrés du drame à la sagesse des hauteurs. Pardon, j'allais oublier La Fontaine. Et Jacques Laurent : *Bêtises* et *Corps tranquilles*.

Moi, eh bien, j'ai aussi mes sels et mes Aspro : Éluard, source vive ; les *Anabases* de Saint-John Perse, Léger en profondeur ; les *Notes* d'Alain Bosquet : pour un amour et pour une solitude... Et d'autres registres, la truculence et l'explosion : le verbe noir de Céline. Je suis de ceux qui voient chez Louis-Ferdinand, non ce pessimisme irréductible que beaucoup y mettent, mais une furie sacrée qui suppose une belle santé et l'illusion sans fin que les hommes sont corrigibles, si on les engueule convenablement... J'ai aussi une tendresse pour Miller, son volubile gaspillage de sperme, gourmand de partouzes, y compris la partouze à deux (la mieux partagée...) Sa *Crucifixion en rose* est un bon antidote contre les funestes économies promises aux barbelés du chagrin. Un festoiement de la même tablée se

Le guide des chagrins

trouve chez Gérard Zwang. Sa *Fonction érotique* vous a un côté « bonne table » et tour de main du chef, dont la luxure de style, vigoureuse et drôle, vous met à tout coup en appétit : il vous fait saliver comme on respire, met votre corps en vacance de cérébral et vous rédige des invitations au congrès qui laissent, loin derrière, les symposiums de cadres performants. Avec eux, écoutez vos nerfs chanter. Et oubliez les filandres de vos traverses... Ainsi vous parviendront les « Dernières nouvelles de l'homme [1] ».

Et, comme d'autres, je relis constamment, sans l'épuiser jamais, *Madame Bovary*. Comme elle, je me sens idiot et je pleure avec nous sur un romantisme d'arrière-saison...

Renouvelez donc ces bouquets-là, posez de ces flammes de chevet dans vos encoignures, en nettoyant les toiles d'araignée de vos ressassements. Petit *nota bene* en passant : on ne devrait jamais dire deux fois dans la même journée : je suis fatigué(e).

Vous aurez aussi des tiroirs où rêveront les billets doux. Amour (toujours), dame !... Mais aussi lettres d'encouragement, certificat d'exercice pour services rendus, cartes d'anniversaire du genre : « Vous êtes bien conservée pour votre âge. Dommage, on n'aime pas les conserves », cartes de fidélité, bons points Coop, etc. Tous papiers positifs qui voisineront avec ces photographies de don Juan et d'égérie propres à vous réconcilier avec un personnage qui vous a déçu de vous-même. Rares sont les gens qui regrettent

---

1. ... et du cinquième pruneau : Alexandre Vialatte.

vraiment de ne plus ressembler à ce profil médaillé de leur première communion... Et de ne pas mélanger faire-part de naissance et billets de mort. (Adolescent, il m'arrivait d'écrire « billets de morts »; jusqu'au jour où je me suis aperçu que les morts, gens discrets s'il en fut, n'informaient guère de leur décès.)

J'ai, quant à moi, toujours aimé les tiroirs. Le mot, déjà, soulevait une vapeur dans ma tête d'enfant. Il y a de ces vocables qu'on suçote comme des caramels. Le tiroir, c'est, à l'imitation d'un vêtement, une poche dans une armoire, un gousset dans un bureau. On y serre des vieilleries émouvantes, des articles défendus, le prolongement de ses manies, nos secrets perdurables : faveurs, agendas, chemises cartonnées « Projets », « A suivre », « A revoir ». Broches ternies, colliers décimés, boutons, stylos, bagues, harmonicas, bricoles humbles qui ont emporté un peu du parfum de notre peau... Et revolver (à bouchons). Faites de votre vie une pièce à tiroirs et tenez-en la balance dans un tiroir-caisse qui sera aussi votre tiroir-cœur. Qui ouvre à clef.

Dans ce boudoir, reflet pure soie de votre moi pour-soi (si mon Sartre est discutable, vous vous imposerez de relire *l'Être et le Néant* — ce « re » de relire me paraît fort osé !), dans votre boudoir, vous vous réserverez un sas, une niche, ne serait-ce qu'un fauteuil, un nid de coussins par terre,

Faites-vous des niches

Le guide des chagrins

où il sera strictement entendu que vous n'irez jamais vous plaindre : un coin fleuri de fleurs ou de choses douces, feutré de disques gais, de livres désopilants, de photos amies, de couleurs vives. Votre écrin de velours où le visage de quelqu'un que vous aimez vous sourira.

Si vous avez la compagnie de bêtes et de plantes, interrogez leur silence. Il y a dans ces soumissions de vies exemplaires une leçon, un poème. Que sont les chagrins de nos bêtes, de nos fougères et de nos philodendrons ?... Sans doute plus profonds que les nôtres, parce que moins capricieux, plus organiques. Et ils acceptent cela avec politesse et patience, sans qu'on ait la certitude que ces vertus leur soient naturelles. Il y a peut-être là une discipline moléculaire, une conformité au règne dont notre raison est incapable...

Donnez-leur à boire et buvez. Dans son *Vent Paraclet*, Michel Tournier raconte comment la prétention des adultes à le priver de boire a pu exaspérer son enfance. Nous avons tous, plus ou moins, vécu dans cette suspicion des liquides. Nous cultiverons donc ce paradoxe à la limite de l'ébriété : la boisson assèche les larmes. Naturellement, vous ne laisserez pas dire que j'aligne des incitations au vice : vous réglerez donc vos consommations (ou mieux : vous laisserez le voisin les régler) sur votre S.E.S., seuil d'euphorie spécifique... Autre parenthèse, puisqu'on me fait la morale : il reste toujours à expliquer pourquoi on enseigne dans les collèges les propos d'individus trouvés sur la voix publique en verve éthylique : la fameuse ivresse de Baudelaire, la soûlo-

Comment réussir un vrai chagrin

graphie de Verlaine — pour ne citer que les verres les plus dégustés de nos écoliers...

Ce précieux meuble à tiroirs, votre boudoir, vous le protégerez contre les importuns. Entourez-vous de quelques clôtures et d'écriteaux dissuasifs : « Parti au diable, Voie sans issue, Whisky à sec, Contagieux, Nana en pétard, Besoin d'argent, Frigo vide, etc. » Ce genre d'invitations, néanmoins, ne découragera pas tout le monde. Il faudra compter avec les sauveteurs-nés, les saint-bernard opiniâtres qui gratteront malgré tout à votre porte, s'estimant non concernés par la proposition de ces risques. Cela part d'un bon naturel et, comme vous savez, le naturel marche à la vitesse d'un cheval (de retour) au galop.

Vous fortifierez donc votre défense passive. Comme au temps de l'Occupation et de sa zone interdite, vous serez votre chef d'îlot, muni du casque et du masque. Le casque sera de préférence à musique. Vous n'y écouterez pas le bourdonnement des forteresses volantes, mais Herbert von Karajan, revanche de l'orchestre sur le bruit — ou n'importe quoi d'autre. Le masque ne sera pas à gaz, mais de satin et d'indifférence. Avec un masque de Mardi gras, vous pouvez aller jusqu'à l'entrebâilleur automatique de porte : l'intrus croira avoir sonné chez le voisin, surtout si ce n'est pas un mardi.

Bien sûr, les boules Quies feront partie de votre nécessaire d'urgence, dans le tiroir des commodités où vous aurez prévu quelques accessoires d'escampette : lunettes noires, barbes postiches, perruques, crayons de grimage, boules puantes, poil à gratter, borborygmes méca-

Le guide des chagrins

niques, dispositif pétologique, bref! une technologie de la non-communication destinée à décontenancer l'ennemi au moment de l'affrontement... N'oubliez pas non plus que ce rayon des farces et attrapes s'est renouvelé récemment d'un système plus élaboré : la sirène d'alarme. Un radar détecte l'emmerdeur et vous le signale tout en le paniquant. Belle invention. Et qui m'avait tellement émerveillé, qu'à une certaine époque j'avais tenté de convaincre l'habitant à domicile de la nécessité d'être alarmé contre le vol. Moyennant rétribution. Mon savoir-faire alarmait tellement les gens visités que je n'ai pas vendu un seul de ces engins. Ils me chassaient comme leur premier voleur. Malgré tout, contre les chagrins et les casse-pieds, alarmez-vous ! Interdisez vos pelouses aux foutriquets, aux grimauds, aux maroufles, et plus actuellement parlant : aux conosophes. Évidemment, ça fait du monde, et l'on est de plus en plus entouré, aujourd'hui que l'imbécillité est devenue savante et technicienne. La sottise est comme la poussière : elle ne se décourage jamais. Nous non plus. Armez-vous donc de mépris et de cor de chasse et opérez un tri sévère.

« Assumez-vous, que diable ! »
(à dire aux autres)

Couchez d'abord, sur votre échec-liste, les gens à problèmes. Le quidam à problhaimes, avec son inappétence à assumer sa condition de quidam à problèmes est un vecteur de désola-

Comment réussir un vrai chagrin

tion à détourner de votre route. Il y aurait une encyclopédie à rédiger sur la mathématique moderne des problèmes, attendu qu'elle s'avitaille à tous les mots du dictionnaire, quasiment. C'est une chaîne d'ensembles où l'on fait d'un détail un chapitre. Du temps de mes aïeuls, on appelait ces ensembliers des « faiseurs d'embarras ». C'était là une expression courtement réaliste, primaire hélas, qui passait vite, sans les inventorier, sur ces malheureux frappés par l'œdème des problèmes. De nos jours, merci, on fait de l'autoscopie. Le mot est translucide. Si vous le désirez transparent, baissez les yeux jusqu'à la note [1]. Ce que révèle ainsi M. Lebel correspond à ce que, naguère, on désignait sous le nom d'introspection, mot qui fait sans doute trop usagé. L'intro doit céder devant l'auto (ce qui, au prix du super, est devenu un extra). On n'arrête pas de céder devant l'auto, et — curieusement — à mesure que l'on prend Socrate pour un fondateur de l'E.N.A.

Justement, vous opposerez à ces autoscopieurs que vous êtes occupé de votre propre autoscopie, que ce n'est déjà pas de la profiterole : à chacun sa conduite intérieure, et Zeus leur soit en aide ! Si vous êtes affligé de quelque disgrâce ou d'un dysfonctionnement quelconque, cela devrait faciliter votre aération. Par exemple, si vous hébergez comme moi des acou-

---

[1]. L'autoscopie désigne l'ensemble des méthodes et des techniques qui permettent de s'observer soi-même avec l'intention de se mieux connaître conformément à la devise de Socrate « Connais-toi toi-même ». *Audio-visuel et pédagogie,* Pierre Lebel, Ed. E.S.F., 1979.

phènes, insectes exotiques et stridulants qui logent volontiers dans la trompe d'Eustache (et communément appelés « bourdonnements d'oreille »), vous pourrez sans mentir vous dire très occupé... Je dis « exotiques », car j'ai ramené les miens de Tambacounda, charmante cité où il fait incroyablement soif.

Exigez qu'on vous foute un peu la paix, et ne reculez pas devant un siège à soutenir. Exigez le silence et l'absence pendant la durée de votre mort provisoire.

Ce qui ne vous empêchera pas de visiter des êtres équilibrés, beaux, forts. Et bons. Au bout de tout, l'intelligence du cœur finira par vous rendre le goût d'exister. Et la flamme de l'intelligence partagée éclairera vos souterrains mal connus. Vous ne m'en voudrez pas, ici, d'insister, car je crois que l'intelligence compte parmi les quelques remèdes les plus efficaces contre la sinistrose. Rien ne consterne comme la connerie. Rien ne paraît plus vieux, plus moche, plus éculé. Plus épuisant. La connerie vous salit, vous entame, vous vide. Fuyez-la comme la peste.

Et si on vous chicane vos retranchements, ne soyez plus trop poli. Ne devenez pas la victime de votre bonne éducation. Sachez dire merde, claquer la porte et foutre dehors. (Ici, ne faites pas comme moi : jouez dans l'ordre, sinon, vous serez obligé de la rouvrir, la porte !) Il faut s'habituer à cette évidence : il y a beaucoup de sous-espèces dans l'espèce humaine, des bipèdes avec lesquels vous n'avez vraiment rien de commun, même pas l'apparence biologique. Des lourdingues, des sans-gêne, des idiots et des méchants. Préservez-vous des palotins. Branchez-les sur le répondeur automatique, où vous aurez gravé cette salutaire sentence de Francis Blanche [1] : « Si vous ne vous sentez pas bien, faites-vous sentir par un autre. »

Envoyer les palefreniers à l'écurie et la vacherie à ses bouses est une gouverne dont vous vous trouverez toujours bien. Lorsque je rencontre Henry (un homme clair) et Jean-Luc (un homme délicieux) qui sont des amis reflets de ce que je voudrais être, quand je divague avec ma fille par pensées et par chemins, quand vous passez une heure pleine avec des êtres à la gentillesse subtile et accueillante, on se dit, n'est-ce pas, qu'il est insensé de perdre des années de sa vie avec des pleutres et des embêtants. Qu'on se le dise de mieux en plus. Le monde est bourré de tendresse et de beauté, mais nous sommes des explorateurs paresseux...

Et pour baliser un peu ce gymkhana intérieur, pourquoi ne tiendriez-vous pas un carnet de bord, un livre noir et blanc, un journal négatif/positif où l'astérisque d'un soleil ou d'une fleur signalerait la bonne rencontre, la lettre chargée d'amitié, les hasards souriants et aussi les progrès de votre culture personnelle, les décisions d'entreprise, les coups de barre opportuns ?...

Enfin, quelques trucs encore, éprouvés par votre confident ou par ses cousins cousines : séjournez en des endroits ronds et pas trop éloignés du sol. La forme ovale ou ronde convient mieux à la reconstitution de votre ego que les

---

1. ou de Pierre Dac, je ne sais plus...

angles et leurs arêtes. La trop grande hauteur amenuise la relation avec la terre-mère. Cloîtrer des humains au faîte de ces tours de béton serties d'acier, où seul l'ascenseur les relie au sol, est une des âneries les plus néfastes imaginées par nos soi-disant urbanistes, ignorants et sans scrupules. Ces gens-là devraient méditer en prison le mot de *Citadelle* : « Il n'est point de cathédrale sans cérémonial de pierres... »

Cette bulle où vous viendrez buller, vous l'aurez soufflée à vos mesures, étoilée de vos fantasmes, parfumée de vos fleurs. Vous y épinglerez de belles images, peintures, photos, dessins... Et réflexions dynamisantes. « Delacroix regardait de près les chats, nous dit Gonzague Saint-Bris, pour pouvoir peindre des lions. C'est peut-être cela, le romantisme. » Amies et Amis d'un monde contrariant, romantiques, certes vous l'êtes ! Vous portez vos cœurs en écharpe avec une incontestable distinction, tendres, individuels et surmenés. Au cœur de votre boudoir, vous écouterez de près vos chagrins, pour entendre au loin les lions gronder. Dans l'héraldique du Soleil. Car cette introduction d'une méthode dans votre vie lapidée vous assurera la mise au clair d'un authentique chagrin. Et puisque, nous affirme-t-on, le chômage peut être « créateur », pourquoi le chagrin ne le serait-il pas ? Cette ligne de force sera votre *Œuvre au noir*. Vous y verserez le plus mauvais de vous-mêmes, et vous découvrirez peu à peu, qu'une fois passée sur un « objet », la grammaire de votre humeur est prête à proposer un autre sujet. Au chagrin suivant.

Comment réussir un vrai chagrin

Homme de peine et femme de pleurs, ce planning rentabilisera vos déboires. Vous regarderez alors d'un œil différent le papier de verre de votre peau de chagrin, conscients qu'il polit les cailloux blancs de vos futuribles. A quelque rose malheur est bon. Forts de cet adage, non seulement vous ne souffrirez pas idiots, mais vous souffrirez entreprenants. Buralistes de vos coups de tabac, vous serez admirés pour votre maîtrise, la hauteur de votre vue, l'ampleur de vos graphiques. Et le privilège des timbres fiasco.

Pour revenir à notre aperçu sur la « consistance », disons, en toute simplicité, que vous pourrez désormais entrer le front dégagé dans le valeureux escadron blindé des citoyens consistants, pour qui « l'activité est conçue comme le résultat d'un écart entre deux cognitions (dissonance cognitive [1]) ». Voilà qui est dit. Dissonance que plus poétiquement Raymond Queneau exprimait ainsi :

J' connaîtrai jamais le bonheur sur terre
Je suis bien trop con

On ne saurait plus définitivement cultiver la déception.

---

[1]. Ce n'est pas moi qui le dis, c'est M. D. Chevrolet dans son séminaire, à la suite de M. R. Champagnol : « Activation et motivation : théories de la consistance et leur utilisation pédagogique », 1976.

2.

Se mettre
en vacance du monde

Soit que le farfouillage intérieur ne vous ait pas réussi, soit qu'il ait fait repousser vos ailes, dans un cas ou l'autre vous aurez sans doute envie de changer de fuseau, comptant peut-être parmi ceux, comme dit Saint-Exupéry, « qui sont lavés dans leur cœur de l'esclavage des petites choses » à contempler la mer. Je vous comprends, j'en suis. La vaste fête de la mer, déroulant ses serpentins de l'infini vers nos pieds, en ces moments où l'on se sent si piètres et si caducs qu'on a un appétit d'immensité, exalte en nous la parcelle d'éternité. Seuls le ciel et la mer confondus donnent accès à la densité de cette gloire. Ce qui n'empêche pas, pour d'autres, de trouver à la neige ou au désert la même satiété...

On variera donc à son gré les espaces, leur dépouillement, leurs harmonies... La contemplation des vaches normandes, prises à la tendre moquette des prairies ; la vallée de la Mort, la Terre Adélie ou la descente de l'Oyapock ; l'éparpillement insulaire au large de la Bretagne ou parmi les confetti polynésiens..., bref ! tout ce qu'on pourra et voudra. La Nature est la plus belle femme du monde. Elle n'a que ce qu'elle donne. C'est plus que ce que nous ne prendrons jamais... Inventez-vous une rubrique dans le codex de vos bons traitements : jetez-vous dans la psychodynamique.

Bien entendu, vous tiendrez à vous évaporer, sans laisser d'autre adresse que celle d'une hypothèse, quelque chose du genre : « Esplanade du Sud ; Kilomètre 321 ; Baie de la Désirade ; Auprès de mon Arbre ; Ma Rabane et mon Bermuda », etc. Enfin, à vous la palme !

Vous allez choisir la liberté, comme M. Kravtchenko : avec des lunettes noires. Distancez la nuit, la pluie, le bruit des autres, oubliez trônes et dominations et...

Gagnez au change

Le chef de l'État l'a dit, M. Marchais le répète tous les jours et les autres en sont d'accord : il faut que ça change ! Nous vivons dans l'obsession rhétorique du changement. Vous ferez de ces paroles verbales une action effective. En commençant par vous distraire des « nouvelles ». Qui n'ont de nouveau que la couche d'encre quotidienne. Rien de bien nouveau non plus sous le soleil artificiel des guichets électroniques.

Se mettre en vacance du monde

Depuis que je suis en âge de lire le journal, j'y ai lu plusieurs versions du même constat : tout va mal, suivi de la même résolution : ça va changer. Aujourd'hui, rien ne va mieux, rien n'a changé. Il n'y a donc pas de raison que ça change demain plutôt qu'hier.

Mais vous, changez-vous. Changez de musique. Laissez les bredouilleurs de pire à leurs parlotes et changez-vous les idées. L'expression est fatiguée et dit mal ce qu'on veut dire. On ne change pas des idées noires contre des idées roses. Ce troc n'a pas d'amateurs à la brocante des idées noires. Vous trouverez donc des valeurs qui vous changent, en changeant de guet, et votre monnaie de singe contre des devises étrangères.

Ces étranges devises, vous ne les sortirez pas, cela va de soi, d'un dépliant des idées reçues, mais de ces brochures dont les offices touristiques sont prodigues, fournisseurs en dérivatifs plutôt que riches en remèdes. Leurs agences proposent des agencements à la carte où l'on fera le tour de vos dépressions dans l'étourdissement des contours, des pourtours, des détours (le « point de vue » qui « vaut le détour »...), entraînant vos eaux dormantes dans leurs spirales vertigineuses, leurs périples inoubliables, leurs randonnées hors des sentiers courbatus, mais aussi, à vos cœurs brisés, leurs parasols et leurs chaises longues. Ces catalogues, où rutilent la quadrichromie et la diapositive plus vraie que nature, présentent l'évasion sur un plateau d'argent, traveller's checks et carte bleue internationale, tout compris, sauf ce que vous y aviez compris. Lectures dépaysantes, souvent le meilleur morceau du voyage, dans lesquelles il n'est plus question des affaires courantes. On vous y élimine habilement les vocables crasseux qui crépissent les murs de votre journée d'habitudes, sources de tracas et de pots de chagrin, tels que patron, bureau, atelier, chef du personnel, horaire, grève, épouse et marmots, loyer, vignette, impôts, T.V.A., etc. La terminologie y est uniquement colorée, flâneuse, ensoleillée, marine, décontractée, hôtelière, sableuse, animée, fleurie, copieuse, bleue, folklorique, sportive, luxuriante et luxurieuse, pittoresque, étourdissante, parfumée, reposante, détendue, bref : heu-reu-se... Le tout, ça fait de l'ombre sur vos doutes — le tout bien évidemment « exceptionnel ». Une autre vie absolument introuvable dans votre vie de tous les jours.

Avant de partir donc, vous échangerez vos billets flétris contre ces pièces étincelantes. Enfin de l'argent qui fera du bonheur. Roupies de sansonnet, C.F.A., pesetas ou dinars, pèze, blé, oseille ou charbon, vous voilà nanti d'une bourse soutenue par la perspective de filer vers ces contrées rêvées qui, nous dit-on, ont tant de mal à « décoller »...

Suppléments pour envols irréguliers

Et ne lésinez pas sur le Phantasme (avec Ph, le fantasme est plus acidulé...). Les charters ne vous offriront pas le septième ciel. Vous opterez donc résolument pour le cœur volant. Une fois lancé

Se mettre en vacance du monde

dans l'espace-temps, il suffit de trancher la ficelle de rancune qui vous relie encore à la Terre amère, à ce globe pépère qui vous fait des semelles de plomb. Si ça plane pour vous, c'est que la peine sort du système Avoir-du-poids. Et n'oubliez pas que la vacance de ce cœur-là se lit sur votre visage, dans cette sorte de hardiesse à regarder le monde, à interroger l'environnement, dans l'astérisque du regard...

Cet astérisque aiguillera le curieux vers ce renvoi majeur : « Je fuis les puants. » C'est-à-dire le putois, la belette, la fouine, le cheval de bataille, les punaises et le mégot écrasé. Mais aussi les m'as-tu-cru de tout poil aux anecdotes triomphantes et aux relents toxiques. A choisir entre les fétides, mieux vaut encore la lecture du *Hérisson*.

Débarrassé de la prégnance des modèles dominants (ma parole, je cause le barthes mieux que le père Foucault!), vous allez reprendre conscience de votre légère profondeur. Mieux, et de façon tout à fait inattendue, *on board,* le mot « chagrin » qui vous rendait si chagrin va se chausser de sabots ailés, piaffant d'une fougue nouvelle. Car, vous ne le savez peut-être pas — et je ne le savais pas non plus avant de m'être fait une tête de Turc —, il se trouve que, en turc donc, *saghri* signifie « croupe de cheval ». Vous voici donc enfourchant à cru un pégase à haut indice de kérosène, mustang vertigineux, galopant sous le nuage en forme d'œillères, le « laissez-moi rêver » que l'hôtesse en forme de transat a proposé à vos paupières blasées...

Bien que cet irrégulier-là vaille le supplément,

Le guide des chagrins

restez malgré tout vigilant. Car, dans l'absolue limpidité du ciel, la tentation viendra de passer outre à vos résolutions, de risquer un petit doigt dans l'engrenage... Vous vous reporterez alors utilement aux pages 28-29 et 33-34 de votre *Guide*. Débrouillez-vous nonobstant pour ne pas souffrir du bal de l'air : « Le bonheur ou le malheur consiste dans une certaine disposition d'organes, favorable ou défavorable. » Montesquieu s'en est avisé. Qui ne connaissait pourtant pas le mal des avions, mais qui savait qu'une colique a raison de nos sourires. Justement, en début de votre *Guide*, il est traité de ce mal des transports, contre lequel nous vous recommandions un certain détachement. Les transports ont toujours quelque chose de commun. Préférez-leur la quête originale...

Formule « Âme seule »

Arrivé au transit du premier accueil, vous aurez à choisir entre plusieurs catégories. L'aérocinétique de votre envol vous aura sans doute assez réussi pour que vous puissiez vous prendre pour une V.I.P. Une vip, ce n'est pas du tout un tronçon de serpent, non ; c'est simplement une *very important person*, de ces gens qui font la pluie et le beau temps sur les parterres des ambassades. N'hésitez pas, décidez-vous... Je lisais ces jours-ci, sur un balcon en face de la gare Saint-Lazare, dans le journal lumineux qui déroule son écriture clignotante, et sous l'aile des Mutuelles

Se mettre en vacance du monde

unies : « Les gens qui hésitent ne réussissent jamais. » Et comme il n'y a que les imbéciles qui n'hésitent pas, il n'y aurait que les imbéciles qui réussissent. Très bien. Soyez l'imbécile de cette réussite-là : n'hésitez pas, optez pour la catégorie supérieure. A vous, ma chère, le vaste monde !...

— Et Valérie ?

— Elle a fait un syndrome de Cotard, avec culpabilité obsessionnelle, autocondamnation, négation de son corps, bref ! Somatisation grave, en voulant corriger son extériorité par mon intériorité...

— Ah.

Oui. Bout de diaglose esgourdé hier dans l'autobus. Tout de suite, le vertige... Saisissons-nous de la barre fixe, solidement, à deux mains. Dommage qu'elle soit verticale, car quelques tractions des bras permettraient un soulagement immédiat, de faire passer le morceau outre le pylore bloqué. Parmi les choses déprimantes, il y a aussi ce certain jargon, le galimatias de l'incompétence. Évitez à tout prix d'aligner sur ces abstracts, n'est-ce pas, votre référentiel spatio-temporel. Décampez, mettez les voiles, fissa et incognito !...

La formule « Âme seule », qui n'est point le retirement au désert, permet néanmoins d'exercer un choix circonspect, en évitant, pour l'amateur de solitude, à la fois le joyeux drille, infatigable et tonitruant, mais qui ne déride en général que lui-même, et ces cuistres cartonnés qui n'ont jamais assez décodé le glossaire qui leur chatouille le concept... Vous rendrez ainsi un royaume à votre souveraineté. Formule du repos

Le guide des chagrins

fondamental : se défatiguer des autres. Et puisque vous avez décidé d'emmener promener votre chagrin, autant l'aérer par l'itinéraire de délestage. A force que l'on s'écarte, se dessine l'orbe d'une ronde. Vous bercerez ce petit bonhomme de chemin en lui chantant de ces mots qu'on trouve murmurés dans les comptines :

> *Je vais à Bristol*
> *voir l'oncle Anatole,*
> *à Ouagadougou*
> *tralala itou,*
> *puis à Marvejols*
> *vendre mes cass'roles,*
> *et peut-être aussi*
> *Castelnaudary,*
> *si je ne trouv' pas*
> *Guadalajara.*

A pied, à cheval ou en voiture, ces soliloques vous rendront la musique de l'innocence. Vous vous y égarerez à l'aise, dilaté, déplissé, sans passé, sans futur, exonéré de vos années fourbues.

Pour profiter enfin de vous-même.

Aimez-vous   Faites-vous du bien. « Carpez » le « diem »
sans pudeur   avec la foi d'Épicure, fort de maximes puisées aux meilleures gravures, chez les pratiquants

Se mettre en vacance du monde

d'accalmie, dont vos lectures furent émaillées... Cultivez l'égotisme flamboyant, les pieds en éventail et le panama démesuré. Avec un peu de persévérance, vous parviendrez bientôt à vous contempler dans tous les reflets, en vous répétant : « T'as d' beaux yeux tu sais !... » Direction Eden-insouciance, avec un titre d'égarement Plein Soleil. Naturellement, nous mettrons ici dans le rayonnement solaire toute une symbolique. Il ne s'agit pas seulement d'insolation, mais de tout phénomène qui vous est lumière et qui vous rend beau. Comme on l'a dit souvent : « La vie recommence à quarante ans. » Elle peut aussi bien recommencer à trente ou cinquante. L'âge ne fait pas grand-chose à l'affaire : « Ce qui importe le plus, ce n'est pas de vivre vieux, mais de vivre jeune [1]. » Parbleu ! Donc, vous vivrez jeune (ce qui n'empêche pas — si vous y tenez — de vivre vieux aussi...).

On a tout dit sur la jeunesse. Ce qui va m'obliger à répéter un peu les autres. Et ce qui vous autorise à sauter en souplesse par-dessus les lignes qui vont suivre.

La jeunesse... Ah ! la jeunesse !... L'heureux temps choyé par l'entourage attentif, le début d'une éternité hésitant devant le champ des possibles, le blé en herbe de l'avenir... Le ciel est bleu, la mer est verte, laissez s'ouvrir la fenêtre offerte... Vers l'aventure et l'illusion au Pays des Merveilles et du Grand Meaulnes, avec de belles amours et les grandes orgues d'infinies forêts... Ah ! la jeunesse !...

---

1. Marcel ROUET, *La vie recommence à quarante ans*, Éd. Médicis.

Mais foin des faux regrets et des lyriques jérémiades ! Chacun de nous sait que, la plupart du temps, nous nous y emmerdâmes au creux de ces jeunesses... Les Jheunes n'avaient pas encore de statut ni de pouvoir d'achat en ces temps reculés — tellement reculés que l'histoire s'en perd dans les mémoires trouées.

La question, comme dirait notre maître culturiste cité plus haut, ce n'est pas d'être jeune, c'est de *vivre* jeune. Et pour cela, il n'est jamais trop tard. Je dirais même qu'il faut un certain âge pour vivre jeune, et que les jeunes vivent plutôt vieux de nos jours. Parce que, pour vivre jeune, il faut d'abord en avoir envie. Forcément, si l'on est jeune, on pense à autre chose, et particulièrement à prendre de l'âge. La jeunesse de votre âge qui prend son temps, on pourrait en dire ce que Bachelard, le barbu sublime, disait de l'homme : c'est une création du désir.

Vous voyez donc que, dans votre cure d'âme seule, vous serez magnifiquement accompagné. Un recueillement allègre permettra ainsi de faire le point de votre dynamique intérieure. Où en est le myosotis de ce désir-là ?... Dans cette révision, aidez-vous des techniques et des adjuvants que nous avons déjà évoqués. Faites-vous masser, pétrir, doucher, polir, hâler... Décapez-vous : ça fait desquamer les dogmes reçus. Courez nu sous la pluie, roulez-vous dans l'herbe perlée de rosée, panez-vous de sable, lustrez-vous d'embrocation... Marchez, courez, sautez, pagayez, faites transpirer le chagrin ! Et quand vous serez crevé à point, vous constaterez un embellisse-

Se mettre en vacance du monde

ment global des choses. On ne remarquera plus vos cicatrices comme des décorations, mais plutôt comme les Tartares se striaient de balafres : par coquetterie. Les fameuses rides de l'âge mûr donneront de la branche à vos face à face, et vous aideront à vous composer une gueule.

Comme vous voyez, vous vous dégourdirez d'autrui autrement que par le vertige du nombril : en vous faisant une peau de chagrin neuve. Il est simpliste de voir dans le repos l'antidote de la fatigue. Il y a même des fatigues extraordinairement reposantes. Un médecin fatigué vous le dirait : la fatigue vraie est rare. Et elle est normalement réparée par un sommeil réparateur. La fatigue persistante provient souvent d'une vie de conflits ; désaccords ouverts avec le milieu — et nous avons vu comment s'épuiser en zizanies ou, ce qui est encore plus fatigant, insatisfaction silencieuse et rentrée : de la lutte déclarée contre autrui, on passe à la lutte contre son moi profond : tuant !

Défatiguez-vous donc : en oubliant le monde et en vous faisant oublier. Et avouez-vous tous vos désirs. Étalez-vous sans vergogne, répandez-vous en agitation purgative, dépensez en extases béates toute cette amertume amassée, bref ! Faites n'importe quoi. Convivialement vôtre. Si j'étais de ces psycho-sociologues dont raffolent les esthètes du temps présent, je vous dirais : « Désaliénez-vous, retrouvez le contrôle de votre auto-évaluation, votre capacité d'autonomie, votre congruence d'individu, échappez à l'anomie des groupes dégonflés... » Si j'étais de ceux qui maîtrisent ces redoutables notions,

Le guide des chagrins

voilà ce que j'oserais vous dire... N'en étant point, je vous dis bonnement : « Déverrouillez vos portes, mettez-vous à poil et appelez le monde ! »

Se désennuyer des ennuyeux...

Cependant s'aimer, c'est aussi se faire rire. Vous éviterez donc le voisinage des intellectuels pasteurisés, avec leur « définition des contenus à partir des attentes exprimées ». J'ai lu ce phlegmon sur canapé dans une distinguée revue d'éducation permanente — permanente néanmoins française... — ; vous vous chatouillerez l'aisselle de plumes au vent, et l'imagination de projets audacieux en vous foutant complètement des « retombées culturelles » de pareilles calembredaines, et sans renoncer au rire éventuellement « bête ». Mais, me direz-vous, comment se procurer du rigolo ? Eh bien, d'abord, fuir les ennuyeux, comme disait Mme Verdurin. Les clergymen du Sozial et du Politik, les péroreurs à veto structuré, les décisionnaires universels. Plutôt que flairer ces sacristies, mieux vaudrait encore vous inscrire à l'Association pour le maintien de la tradition du Rosaire [1]. Se garder du poussiéreux, du ténébreux. Vivre en beauté, en liberté, hors du temps. Accorder à son corps cette attention bienveillante qu'on n'a guère le

---

1. Qui a transféré son siège à la mairie du Croisic. Voilà une mairie bien priante...

Se mettre en vacance du monde

loisir de lui accorder habituellement. Et respirer. A fond. Et ne croyez pas que j'écris cela pour causer. Je l'ai vérifié souvent : la respiration profonde dispose à la belle humeur, en réjouissant déjà le sang. Également, boire et manger : le mieux possible. Essentiel pour l'affinement de votre sensualité. Ce qui ne veut pas dire : beaucoup.

Le terrain ainsi préparé, il faut maintenant se confier au hasard, compter sur la bonne aventure. On peut les susciter et les exploiter, en se mettant en condition de séduire la nouveauté. La nouveauté d'une situation agréable constitue une excellente amorce du rire, gaieté de bonne compagnie ou fou rire libérateur. Situation d'ébaudissement, de préférence aux scènes de guerre, d'accidents tragiques, manifs sanglantes et suite d'obsèques. Encore qu'il n'y ait point là de règles, et que l'on en voie trouver leur liesse dans la pompe des enterrements ou les nez bidulisés. Il y a un rire du désagrément : chute de quidams sur la chaussée, pipi dans la culotte, assumeurs de réverbères (plongés dans *Le Monde*), patronymes clés de dérision : noms de ministres, de bourreaux, de croque-mitaines... En 1939, le seul nom d'Hitler faisait rigoler le Français moyen [1]. Devait bien rire qui rirait le dernier ! Quelques années plus tard, le nom de Daladier produisait le même effet. Déclic qui a résisté au temps, car si Hitler ne fait plus rire personne, en revanche l'évocation du chapeau mou

---

[1]. Beaucoup de ces facétieux avaient baptisé leur chien « Hitler », qui dut très vite (pauvre bête) répondre à l'appel de Médor ou Mirza...

de Daladier étayé du parapluie de Chamberlain réjouit à jamais l'Histoire.

Dans votre flânerie autonome, vous rechercherez surtout l'imprévu, le regard innocent, le flottement du programme... Ce que j'appellerai la « plénitude aléatoire ».

Cette expansion intérieure débouchera vite sur l'accès à la jouissance. Vous allez réapprendre — ou peut-être, hélas, apprendre — à jouir. Le mot a bien du mal à se défaire d'une ombre de péché. On m'a enseigné, et à vous aussi sans doute, que le mal se confond avec la quête de la jouissance. Nos missionnaires de retraite clamaient de dessous leur barbe coloniale : « Vous serez des hommes de devoir !... » Et nous fîmes en effet énormément de devoirs. Sans préjudice des leçons. Ce qu'on ne nous a pas dit, c'est que la jouissance est aussi un devoir. Et qu'un être qui ne jouit pas devient bête et méchant. Il n'est pas douteux qu'une certaine agressivité contemporaine sort de l'aridité dogmatique de vies vouées à la négation du rire au profit du ricanement. Ces comportements totalitaires, qui barrent nos journées d'injonctions et de mandats, donnent à cette époque, pourtant la plus variée, la plus colorée qui soit, un fond d'incurable lassitude, cette raideur du mal de vivre, entretenue savamment par des penseurs dignes et nobles (d'ailleurs plus ou moins...), dont dégoulinent notre littérature et nos médias. Bref, on s'emmerde à ravir. Mais il faut s'emmerder : ça fait sérieux. Absolument.

Eh bien, non ! Vous n'en serez pas. Nous nous délecterons de roses et de mots roses. D'abord, parce que c'est moins fatigant. Nous parlions de fatigue, tout à l'heure ; eh bien, rien n'est plus exténuant que la tristesse. Rien ne me claque plus sûrement qu'une discussion (et de la discussion ne jaillissant rien du tout, contrairement à cette légende du commutateur que l'on vante), une discussion sans issue donc, sur les sempiternels problèmes qui sont tous, de près ou de loin, des variantes de la motion sacrée : qu'est-ce que Dieu ? Question à laquelle personne ne fournira jamais de réponse. Comme on l'a dit d'ailleurs : la question n'est pas de croire, mais de savoir. Et l'on sait surtout qu'on ne sait rien de réel. Alors, passons à autre chose...

Nous savons au moins que nous sommes sans contredit mortels : alors, songeons à rire « avant que d'être heureux ». Mais de quel rire ? L'un de nos « nouveaux philosophes » en propose un : « Notre arme sera le rire nietzschéen, caustique et ravageur, l'ironie socratique et son pouvoir d'étonnement... Ce sera aussi la pratique poétique d'une esthétique baroque, d'une création multipolaire de tous les instants [1]. » Ce superbe conseil n'est sans doute pas facile à suivre. Mais qui a trouvé dans la facilité quelque remède ? Quant à cette esthétique baroque, ne la voyons-nous pas dans les multiples fantaisies de la nature ?... Serions-nous si détournés d'elle que nous n'aurions pas même le goût d'y chercher un reflet de nous-mêmes ?...

Cherche charme sachant charmer

---

1. Jean-Marie BENOIST, *Les Nouveaux Primaires*, Éd. Libres-Hallier.

Le guide des chagrins

Vous adonnerez votre moi malmené à cette création multipolaire, au mépris des us et codes de rigueur. Bravant le cartel des croque-remords, cela n'ira pas sans risques. N'importe ; faisant l'humour et pas la gueule, comme dit l'autre, vous les éblouirez à distance, les tenant en respect loin de votre aire aventureuse. Pour mieux rire, vous aurez chaud suffisamment. On rit mal, l'onglée aux doigts et les lèvres gercées. Vous offrirez un luxe de lumière à votre peau. Extrêmement important, la peau... Et vous ne direz plus — du moins pendant un temps — « moche comme un cul », car rien n'est plus joliment joyeux qu'un beau cul.

Vous penserez aussi à vous offrir des dindons de la farce, à vous écrire de mirifiques injures ou des cochoncetés, à vous abonner à des lectures de vacances ; au *Journal officiel*, par exemple, d'une roideur souvent cocasse. Ainsi, au numéro 207 du 7 septembre, vous auriez pu lire le décret du Premier ministre autorisant la famille Babouch à s'appeler désormais Grimaud, Marius Bordel à devenir Burdet, Roger Cocut à se détromper en Teyssier, Cucu opter pour Colain, Cupif pour Guichard, Mohamed se préférer Grivelet, Salaud Sablond, Sarrazin Lopata, Saucisse Aucis, Chocu Chocun, etc. Bien sûr, les petites annonces : « Échange deux mètres cubes de sable de rivière contre n'importe quoi... » ; « Cherche quelqu'un qui aurait un tour à pied et pourrait m'en faire profiter dans la région parisienne » ; « Qui pourrait m'envoyer un modèle de lettre ou quelques idées pour faire une demande d'objecteur de conscience ? » ; « Soka de retour *(one more*

Se mettre en vacance du monde

time...). Le Sud c'est bien, surtout quand il y pousse de jolies mandarines prenant parfois la forme d'étoile filante... Que fais-tu ? Où te joindre ? Nuit taureaufiée, écris quand même à Arras. Signé : Banane flambée... »

Vous écrirez donc à Banane flambée, en imaginant ou en vous rappelant cette nuit « taureaufiée »(?). *Libération* et *Le Nouvel Observateur* vous procurent mille prétextes de lancer et de recevoir des appels. « Urgent. Cherche tanneur sachant tanner. » Alors là, non ! On vous l'a assez tannée, votre peau de chagrin ! Que les tannants aillent tanner ailleurs !... Urgent : cherche charmeur sachant charmer. Bon, très bien. Et merde pour les flamingants.

Le rire, n'est-ce pas, naît d'une situation d'ambiguïté. Un exemple simple : je rencontre Théodule, affligé d'une rare laideur, en plus de ce prénom difficile. Nous parlons de choses et d'autres, avant d'aborder le chapitre des femmes. Il me dit :

— Les femmes ? je ne peux plus les voir...

— Et pourquoi ?

— J'ai rencontré, il y a quelques années, une femme splendide. A force de chercher la comparaison la plus exacte possible, je lui dis : « Tu es belle comme le soleil. » Elle me répond : « Et toi, tu es con comme la lune. »

Vous allez penser que je ris à peu de frais, mais il est vrai que j'ai ri (alors que j'aurais dû, avec Théodule, en chialer...) Tant pis, car il n'y a jamais de mauvaise occasion de rire. Il faut se répéter qu'on ne rira jamais assez, et qu'à vouloir trop jouer le difficile, on risque d'arriver au seuil du grand repos sans s'être beaucoup déridé. Il y a donc là aussi un apprentissage à faire. Rire, c'est poser de l'irréel sur la réalité. Le rire est toujours impondérable, utopique par quelque côté. Il nous défend hors des obligations laborieuses de la vie, contre les copeaux du temps. Rire allège d'exister. Or tout peut devenir risible, sauf naturellement la misère d'autrui. L'important est l'angle de prise de vue, de prise de conscience. C'est pourquoi vous vous entraînerez — et ce temps du « retour à soi » sera particulièrement propice — à la raillerie permanente, lardant la « mélancolie sociale » dont parle Vaneigem des traits de votre éveil.

Manger le (pain) blanc avant le noir...

Pour terminer sur une note d'actualité ce petit panse-bête, et si je ne craignais de paraître irrespectueux à ces potentats d'Afrique et de Navarre, de qui les journaux m'apprennent qu'ils ont, ces temps-ci, quelques ennuis, je leur conseillerais fort la « cure de bonne humeur » du professeur Alain. Dans laquelle, en s'aidant des épines de l'époque, en faisant vœu de tout bois : « un ragoût brûlé, du vieux pain, le soleil, la poussière, des comptes à faire, la bourse presque à sec », on tire un parti revigorant des « précieux exercices » qu'elle permet : « Alors le flot de la vie coule ainsi qu'une source délivrée ; l'appétit va, la lessive se fait, la vie sent bon. »

Se mettre en vacance du monde

Hors le ragoût brûlé, les prétextes ne manquent pas de s'exercer ainsi, journellement, de cultiver son égalité d'humeur, de faire de son vieux pain, comme cela se faisait quand j'étais gamin, du « pain perdu »...

Les jeux permanents du Cirque où des M. Loyal, qui n'ont plus grand-chose à voir avec la loyauté, s'imaginent mener la ronde autour du monde ne vous incitent-ils pas à une cure de bonne humeur renouvelée ?... Malheureusement, dans les coulisses du cirque en question, la vie ne sent pas très bon. Elle pue même franchement parfois, jusqu'à se confondre avec les pestilences de mort...

Qu'y pouvons-nous ? Rien de directement efficace, certes. Seulement être là, refuser, par la chaleur et le sourire, l'œil aux lucarnes... Témoigner de la vie par l'amour, par la mémoire de tout en rien.

Car le mouvement perpétuel existe. Ce n'est pas à nous de l'arrêter.

La question du gîte vaut qu'on s'y arrête.

Vous fuirez les pensions de famille. La pension, vous connaissez peut-être ; la famille, sûrement. Rien qui soit en ces lieu et place source d'exaltation.

Loger chez l'habitant, si c'est avec préméditation, peut offrir de l'imprévu. S'y risquer à l'aveuglette n'est pas recommandé. On a vu des

Transit, hôtels, pensions...

innocents partir en découverte et revenir en sabots, les mains calleuses et les reins moulus. Mieux vaut la conversion par engagement spontané que par travaux forcés.

Chus de l'aéroplane dans le car ou le train, vous aurez quelque moment pour vous préparer à choisir votre formule. Nous venons de vous donner un aperçu de l'option « Âme seule ». Elle convient en général aux cœurs très surmenés, aux tempéraments bilio-nerveux (longilignes fluoriques), qui ne sont plus que l'ombre d'eux-mêmes, et pour qui toute manifestation collective est « stressante ». Ceux-là se trouveront bien d'un certain dosage de solitude. « La vie ne commence réellement qu'avec la solitude... Les phases essentielles de notre vie, ses points tournants, ont pour ressort le silence. » Ce ne sont nullement là propos d'ermite, mais de l'homme des *Tropiques*. Car on se fait une fausse idée de la solitude, traduction de tristesse, de désert, de désœuvrement... La solitude se conçoit très bien au milieu d'une foule. Une foule de détails.

Ainsi de l'hôtel. On vous proposera peut-être un Intercontinental, un Sheraton, un Méridien. N'importe. L'essentiel sera de vous renseigner expressément sur l'isolation acoustique. Pour cela, nous vous conseillons de faire, dès qu'on vous aura désigné votre chambre, l'exercice suivant (munissez-vous, si possible, d'un petit magnétophone et de quelques bandes magnétiques enregistrées). Retranché à l'intérieur de cette chambre, porte et fenêtre fermées, vous vous mettez à hurler puissamment, fort, plus fort que ça, avec la conviction du noyé sans secours...

Se mettre en vacance du monde

Ayant repris haleine, vous réitérez l'exercice, genre sirène d'incendie, déchirant les airs d'insoutenables clameurs. Si le lexique peut vous aider, ne vous gênez pas : invectivez avec passion un emmerdeur imaginaire... Pour bien faire, il faut arriver à ce que vos imprécations dépassent les cent décibels. Vous contrôlerez l'intensité du vacarme sur le potentiomètre (ou vumètre) du magnéto, micro ouvert — lequel magnéto prendra le relais de la vocifération, dès que la fatigue réduira le ton (il ne faut pas non plus vous claquer à la fâche)...

Après un quart d'heure de ce karaté vocal, il serait surprenant qu'un poing ne vînt heurter l'huis de ce local insurgé, en quête d'explications. Si tel est le cas, pourtant, deux hypothèses se présentent : ou cet hôtel possède une isolation de première qualité (et vous pouvez toujours vous faire un ami du gérant en le lui disant), ou vos voisins sont des timides ou des sourds. Mais comme les sourds ne sont pas tous muets, ce dernier point restera à éclaircir. A moins que les chambres contiguës soient inoccupées. Tous détails qui infirment l'utilité radicale de mon petit test, que je vous recommande néanmoins pour son caractère réjouissant. Ne dit-on pas grand bien du « cri primal » ?

Si vous avez pu éliminer ces incertitudes, et constatant alors le manque d'hermétisme du vase clos, vous allez pouvoir vous offrir votre premier scandale. La réception de l'hôtel en fera les frais, les préposés sont payés pour ça. Ici, la véhémence est de rigueur. Prince consort, Grande-Duchesse et Saint-Frusquin. Vous jouerez la déception ulcérée, la Pallas qui n'a jamais vu ça, le blason indigné et l'imminence de la rétorsion... Je vous le dis tout de suite : par les temps qui courent peu, une telle démonstration ne vous amènera pas un attroupement de valets. Vous verrez soudain plus de lombes que de figures, à part les stagiaires-réceptionnistes cramponnés au bastingage de leur comptoir. Ainsi ce chagrin d'hôte s'embrouillera des brumes de l'incompréhension. Mais, en même temps, vous y gagnerez la considération de gens pour qui vous serez quelqu'un à qui « on ne la fait pas », qui manie l'usage des palaces et ses maroufles comme escabeaux. Ce qui ne vous procurera point des murs mieux défendus.

Et comme il n'y peut mais, le gérant vous proposera alors le drapeau blanc d'« une chambre à l'annexe ». A négocier, bien que la déportation à l'annexe ait en soi quelque chose d'humiliant.

Un hébergement hôtelier n'est donc pas de tout repos. Reste le bungalow. « Bungalow » est un vocable qui a fait la fortune de maints chantiers touristiques. Mot anglo-hindou sorti des romans coloniaux, il exerce toujours sur le patient une fascination inexplicable, alors qu'il ne désigne plus aujourd'hui, dans le jargon des club-managers de vacances, qu'une cabane sommaire aux interstices variés.

Comme j'ai voulu en savoir plus, je suis, moi aussi, allé plus loin ; je suis tombé dans le piège à ploucs du bungalow. Afin qu'une expérience aussi vécue ne finisse pas froissée dans la corbeille aux réclamations, je vous livre le fruit sec de mon expérience.

Se mettre en vacance du monde

On voulait donc, ma tendre compagne et moi, se faire une saison. Et pas du tout une raison. Comme vous savez, la France, aux privilèges si tempérés, n'a plus de saisons. Raison de plus pour s'en fabriquer une. A ceux qui ont un peu vécu au soleil, il apparaît fraîchement que la France, comme disait un ami en cette formule saisissante : « La France est un pays où il fait beau la nuit. » C'est malheureusement exact. Son soleil se lève d'une matinée grasse, sur le coup de 18 h 30, pour se coucher vers les 8 heures du soir, grabataire coutumier. De quelle « Doulce France » nous a-t-on tant parlé ? Chauvine, mouillée, cafouilleuse, anarchique, brouillonne, gelée certes ; mais douce ? Où donc ? Sauf sous les robes des femmes, où il ne fait d'ailleurs pas plus doux qu'à l'étranger.

Bref, nous avions un besoin impérieux de douceur, de chaleur duveteuse. On voulait voir ailleurs si on y serait mieux. Le changement d'aire.

L'hésitation aidant, on s'est jeté dans un club de vacances où il restait quelques souricières vacantes. Retenez déjà ceci : là, comme ailleurs, on ne se méfie jamais assez des prospectus. Une décharge publique sur diapositive conservera toujours quelque attrait.

Nous étions somme toute en bonne disposition pour alimenter un chagrin minutieux. Alors, voici la démarche à suivre.

Confiant dans la science des spécialistes, j'avais

Séjour club bungalows

cru pouvoir remettre à des organisateurs exercés le soin de nous accueillir, de nous héberger, de nous proposer quelques divertissements. Éventuellement aussi de nous ficher la paix. Le tout, bien entendu, contre rétribution, encaissée forfaitairement avant que vous n'ayez posé un pied sur ce territoire à haut potentiel ludique (assurent les encarts publicitaires)...

Le « Village olympique », tel est l'intitulé ambitieux de ce machin qui a d'ailleurs pignon sur avenue, dans un quartier de Paris le mieux achalandé en gogos musardant. Nous, enthousiastes naïfs, on espérait le dépaysement, comptant parmi ces originaux qui ne songent pas à réclamer un bifteck-frites à Tarragone, suivi de l'imparable camembert à Zagreb.

A dire vrai, dépaysés, nous le fûmes, mais de façon imprévisible, et non point par le pittoresque des sites, encore moins par la couleur des mœurs ou le piquant de la table. Ce fut, voyez-vous, une surprise toute domestique, quasi triviale... Par exemple, j'avais oublié depuis l'Occupation ce qu'était le très mauvais café. On nous a rafraîchi chaque matin ce souvenir-là. J'ai de même, et pernicieusement je le reconnais, négligé l'usage de l'eau froide dans mes ablutions : on a rendu un sens aux B.A. de notre enfance. Abonné à ma cantine d'entreprise toute l'année, je ne tenais pas furieusement à emporter cette intendance-là dans mon bagage. C'eût été superflu : les Vigilants Organisateurs (V.O.) avaient prévu de ne pas briser cette excellente habitude. Au premier déjeuner, j'ai cru vivre un rêve : tout, point par point, était

Se mettre en vacance du monde

reconstitué : les jetons à l'entrée, après contrôle par un responsable, la queue au liquide, le combat autour des plats de victuailles, la chasse aux bonnes places. (Qui veut de l'ombre ? Qui, du soleil ?...) La lutte la plus horriblement fratricide se déroulait en vue des œufs mayonnaise. Nous avons découvert, avec stupéfaction, à quel point les pulsions belligènes de l'*Homo clubicus* tournent autour de l'œuf mayonnaise. Et quand je dis « autour », j'enjolive. Il n'était que de voir le Vigilant Membre (V.M.) piquer de la fourchette sur le plateau de l'Opération Mimosa (code d'intervention V.M.), pour battre en retraite avec déjà des pertes sévères, et obliquer, côtes enfoncées et pieds pilés, vers la salade de lentilles ou les concombres, repli que, avec la betterave rouge, dédaigne volontiers le para à l'œuf dur. Un jour même, lors d'une chaude reprise des engagements, et comme la victoire d'un commando tardait à s'affirmer, on s'est vus, sans pouvoir opposer la moindre résistance, désarmés de notre petit couvert, déjà impliqué pourtant dans le gros de la position, par un détachement d'adversaires velus, déterminés à occuper à tout prix l'arpent de table où s'étaient regroupés les plus consistants bastions d'œufs mayonnaise...

Alentour, gisaient, râlants et creux, d'anciens combattants semblablement H.S.

Est-ce le hasard – ou je ne sais quelle fantaisie du Destin – qui nous avait soumis à pareil affrontement, mesurés là, devant l'immensité historique de la Méditerranée, aux plus redoutables descendants de ce corps expéditionnaire mandé sous les ordres de M. le duc de Richelieu afin d'enlever en 1756 la forteresse de Port-Mahon de Minorque ?... « A la mahonnaise », comme chacun sait.

Ainsi, ces légionnaires du Village olympique, fidèles au souvenir du haut fait glorieux, célèbraient-ils un culte en enlevant « à la mayonnaise » les plus remarquables morceaux de bravoure...

On tremble cependant, à la pensée qu'en lieu et place de Port-Mayonnaise, il eût pu s'agir de Caviar-sur-Caspienne ou de Foie-gras-en-Périgord... A quelles effroyables extrémités, à quelle sanglante tuerie n'avons-nous pas échappé !...

Pour des pliants dépliés

Comme vous voyez, nos chagrins s'alimentèrent surtout de renoncements. Car il a finalement fallu renoncer à se nourrir.

La piste du renoncement avait d'ailleurs, d'entrée de jeu, marqué son pas : à peine débarqué, j'avais dû renoncer à ma valise. On a beau, dans sa vie galopante et qui chaque jour se démunit, on a beau cultiver le détachement, il y a tout de même des menaces qui réveillent vos instincts guerriers : la pénurie de rasoir et de brosse à dents. La réclamation présentée et fort mal accueillie, je fus acculé à l'obligation de me fâcher. Ce qui tomba dans l'oreille usagée d'un V.G. (Vigilant Grognard), lequel, aisément excédé, me lança :

Se mettre en vacance du monde

— Bon, n'en fais pas un plat ! On va la chercher, ta valoche. Monte !

Nous montâmes, avec ce tutoiement de bon aloi, dans un vieux Dodge bariolé de couleurs décontractées. C'était la suite du jeu de piste. Ils avaient plus d'un petit tour dans leur sac, ces V.R. (Vigilants Rigolos), car commença alors un safari valise à travers les dunes, un serpentement parmi des dizaines d'identiques baraques, propres à vous rappeler les stalags d'un bon vieux temps. Cahoté par l'humeur de mon V.G., je finis par comprendre qu'il inspectait les abords de toutes ces cahutes — pardon : les *bungalows !* — afin d'y trouver, errante et coupable, ma valise... Je ne pouvais moins faire que de confier à mon cicerone tout le bien que je pensais de cette forme originale d'accueil, m'extasiant sur l'idée tout à fait étonnante du safari-valise, et ne rappelant que pour mémoire mes inquiétudes subalternes (rasoir, brosse à dents, slips de rechange...). La nuit tomba. Mon verbe aussi. Malgré notre affût remuant, aucune valise n'avait montré le bout de sa poignée au détour d'un bungalow.

L'affaire devait se terminer le lendemain, à... l'aéroport où je découvris ma précieuse valise, rangée sagement derrière un comptoir... Par quelle main énigmatique ? J'eus d'ailleurs l'impression que, bagage prémonitoire, à l'exemple de ces chiens qui refusent de franchir une porte, Valise, ma sœur Valise (un joli nom de femme, Valise, ne trouvez-vous pas ?) m'avait faussé compagnie, redoutant pour ses charnières ce traquenard olympique...

Le guide des chagrins

Exception faite de cette soirée sportive, notre village n'avait d'olympique que le flegme de ses fonctionnaires, intitulés pour la couleur locale « animateurs », et qui se donnaient à fond dans l'animation de la pétanque et du ping-pong. N'étions-nous pas tombés, par erreur, dans un convoi du sixième âge ? De jeunes covillageois de vingt-cinq ans nous assurèrent que non et que chaque séjour se limitait à ces activités économes. Par crainte des accidents, disait-on. Ainsi, la deuxième semaine, nous a-t-on menacés de suppression de pétanque : un maladroit avait envoyé une boule dans le postérieur d'un V.O. Acte manqué ?...

La vengeance se mangeait extrêmement froide, sur les tables balayées par le mistral de notre réfectoire de plein air (comme les douches), le souci constant de nos V.O. étant notre oxygénation maximale. On s'y payait donc une chair de poule qui nous fit bronzer en pointillé. Qu'importe ! Nous étions de chics V.M. On allait au rabiot. Avec des ruses de Sioux, souvent déjouées hélas par les V.C. (Vigilants Cheyennes) plus retors que nous.

Plus spartiate qu'olympique, notre club de vacances s'inscrivait donc à merveille dans le vent de la mode antigaspi. Ses vatels patriotes ne lésinant pas sur l'esprit d'accommodement : ainsi poussaient-ils l'ingéniosité jusqu'à faire reparaître un couscous trois jours de suite, en des dilutions rapetassées et sous des appellations anoblies. Un ministre un jour les décorera.

Seule réfractaire à cet allant de la bonne humeur, ma compagne s'obstina à faire des comparaisons, parmi les sept centaines de joyeux clubistes, chics comme nous le disions, toujours prêts, sans peur ni reproche, résolus à la blague dans le canelloni et l'urticaire... Moi, je rêvais à des délices naguère négligées : un pot de yaourt d'un bon kilo. A l'instar d'Isabelle de Paris, tout me serait bonheur.

Nous survécûmes ainsi deux immenses semaines, dans le lot de comparses ravis d'avoir payé bon prix l'agrément d'une telle rudesse, rescapés d'une guerre de casemates, qui envoyaient des cartes postales à leurs marraines de paix. En rentrant au pays, ils leur raconteraient les péripéties de cette vie sauvage, vécue dans une paillote en bambou au toit de latanier, parmi les boubous et les tam-tams, non loin des pirogues à balancier. Telles demeurent les cartes postales.

Et ce n'est pas sans quelque mélancolie que je garde de nos vacances pliées le dépliant.

Un mot encore — sinon le dernier : voilà trente-deux ans qu'ainsi fonctionne ce Village olympique. La foule des couillonnés est infinie. Pour d'aussi habiles V.O., l'argent en somme n'est qu'une question de temps.

Nous allons maintenant examiner, appliquée à notre étude, la psychocinétique en spirale ou : comment aller de l'égocentre vers une périphérie contrôlée. Ou encore, comme j'ai lu sur une affiche de la ludothèque Montesquieu à

Formule
« Âme sœur »

Le guide des chagrins

Fontenay-sous-Bois : « Ohé ! sortez de vot'trou ! Tous à la Ludo ! » (Heureusement, vers la fin de sa vie, M. de La Brède n'avait plus l'ouïe très fine.)

Une supposition : l'ennui s'est insinué par une brèche de votre tranquillité. Premier bilan de cet autochagrin : vous désirez le partager. Bref ! pourquoi ne pas l'avouer : âne frère, vous êtes en nostalgie d'âme sœur. Tant pis, jouons le jeu même si ça n'en vaut pas la chandelle, chandelle d'ailleurs jamais tenue. Le climat folâtre dans lequel vous a déposé notre envol irrégulier peut vous amener en effet à envisager le péril de la rencontre. Car pour clore le chapitre de la solitude, nous aurons désormais à compter avec les consignés que leur propre compagnie panique, les frileux qu'une présence conjointe réchauffe, les bavards qui ont besoin d'écho, les paresseux qui ont besoin de main-d'œuvre, tous ceux, toutes celles pour qui la formule la moins mauvaise, et à combinaisons variables, restera malgré tout celle du couple, ou quelque chose de circumvoisin. La plus heureusement chagrinante. La vie par moitiés chercheuses...

Dans ce voyage décentré, les criques seront les antidotes des écueils. Le dauphin attendra la sirène à l'orée du havre. Il sera fier et fort ; elle, mystérieuse et charmante. Variantes du *Jeu d'Aucassin et Nicolette,* le jeu du tapis, la danse du balai, Marianne Nekeu :

Lequel est votre ami, Marianne, Marianne,
[Marianne ?
Lequel est votre ami, Marianne Nekeu ?...

Se mettre en vacance du monde

Et si je t'aime, prends garde à toi !...
L'âme sœur sera au mieux sœur en chagrin. Comme les demi-mots, les demi-pleurs suffiront. Grâce au tremplin d'associations, cercles et sectes, groupements en tout genre, vous pourrez les échanger, proposer vos chrysanthèmes en vue de métisser les lilas. L'équivalence des revers aide à la communion sous les deux espèces : mâle et femelle. Les pleurs ont deux yeux. S'ils en ont quatre, ça ne fait plus qu'un. Ce qu'exprime plus sinueusement Suzanne Lilar, au chapitre du « Mythe de l'Autre » : « Ce que l'homme chercherait à atteindre à travers la femme, ce serait à la fois le mouvement et le repos et, comme le dit fort bien Beauvoir, la quiétude dans l'inquiétude, une plénitude habitée par ce manque perpétuel qu'est la conscience : en d'autres mots une synthèse des contraires[1]. » Comme vous prévoyez, de la combustion en perspective... La spirale étant la figure alchimique du devenir expansif, cela vous permettra d'explorer un champ d'affectivité de plus en plus vaste, à mesure que vous voudrez délayer les différents sels de l'ego. En prose : plus vous mettrez de l'eau dans votre vin, plus les porteurs d'eau surgiront. Et plus ils seront du bois dont on ne se chauffe pas. Nous entrons là dans la critique de la passion pure. Ou vous l'avez connue et vous en portez les stigmates ; ou vous la cherchez et vous vous trouvez alors en grand danger de déchirement... Mais qui n'a rêvé de marcher sur le feu ?

---

1. Suzanne LILAR, *Le Malentendu du deuxième sexe,* PUF, 1970.

Le guide des chagrins

Vous préparerez au mieux ces braises-là, en réunissant les rameaux suivants :
- une nature idéaliste ;
- une naïveté à toute épreuve ;
- le goût de l'Absolu ;
- un besoin constant de nouveauté (ce qui est compatible avec le précédent) ;
- un set d'illusions sur la générosité humaine ;
- le mépris de la contingence ;
- le sens du tragique et de l'illumination.

Il suffira de faire partager ce philtre à l'objet de votre convoitise pour que le funeste cours des choses s'enclenche sur la pente fatalement désirée. Vous rechercherez donc le partenaire digne de telles agapes (Agapè rejoignant Eros...) Naturellement, vous ne trouverez pas, mais vous croirez trouver. C'est dans cette erreur que germe habituellement la graine de la fleur empoisonnée, à l'ombre de laquelle l'herbe ne repousse plus. Le temps coulant, votre spirale peut ainsi se consteller d'étoiles noires. Au-delà de l'autel quatre étoiles, nous ne conseillons pas à la victime de persévérer. A moins de se rêver des vacances de cadavre. Ce qui compromet toute culture du chagrin.

Donc, le choix de l'âme sœur est entre tous délicat. La plupart du temps résolu *ipso facto,* puisqu'il n'y a pas de choix réel. Comme on le taquinait un jour sur son caractère séducteur, Vadim rectifia : « Le véritable séducteur ne séduit pas. Il est séduit... » Exact. Et la spirale retourne à son nombril. Dans le meilleur des cas de figures, c'est grâce à l'intuition que se réalise cet échange. Ce qui vous autorise des espoirs

Se mettre en vacance du monde

certains car je n'ai jamais entendu quelqu'un déclarer : je suis complètement dépourvu d'intuition.

Les agences matrimoniales, dont c'est le commerce, tiennent à jour des registres d'âmes sœurs, avec le succès que l'on connaît. Concurrencées par le clin d'œil des petites annonces. A parcourir parfois ces menus, on constate que l'œil en question n'a pas toujours la discrétion du clin. Pour preuve, ce descriptif lu dans *Libération* du 8 septembre, et où l'âme a du cœur au ventre : « Nana plutôt nymphomane avide de plaisir, aimant être défoncée et servir d'exutoire à foutre cherche pour elle et son compagnon sympa, jeunes mâles dotés d'un véritable braquemard de 16 à 18 cm de grosseur, voire plus gros, capables de la chevaucher longuement et de nombreuses fois. Marocains et Noirs bienvenus. Donner mensurations. Y.B... Châteauroux. » Qui disait qu'on s'ennuyait à Châteauroux ? (Quelque chose me choque dans ces lignes. Ce n'est pas tant le libellé de l'exigence, que cette confusion des mesures où l'ancien écolier ne s'y retrouve pas. Sans doute s'agit-il ici d'une autre dimension du discours...)

— Âme, Sœur Âme, ne vois-tu rien venir ?...
— Je vois le soleil qui poudroie et l'herbe qui verdoie. Et le chevalier Bidon armé de son Canon et de sa Samsonite... Enfoui derrière le taillis de sa barbe, il ne donne à saisir qu'un regard d'aigle tombé de haut, tapi dans l'ombre d'une vaste visière...
— Mais encore, Âme, Sœur Âme...
— Je revois le soleil qui poudroie et l'homme

qui merdoie, touillant dans son sac-reporter, fish-eye, macro-zoom, polarizing filters, afin de fixer mégativement, œil dans l'œil, le nombril du baobab — l'œil étant dans l'écorce et regardant cahin-caha le quichotte abîmé en sa panopli-e...

— Poursuis donc, Âme, Sœur Âme...

— Il fait chaud ! Toujours le soleil qui poudroie et Bidon qui se noie dans un déballage de cartes routières et d'emplois de mode, oublieux de la veuve et de l'âme sœur, tracassé de son cheval-vapeur, de son ambre solaire, de son Coca-Cola, distançant le gras de la troupe montée sur espadrilles...

— Ô Ame, Sœur âme...

— Ane frère, pourquoi insistes-tu ? Je ne vois que quelqu'un de quelconque, je ne vois que quelque autre qui est là plutôt qu'ailleurs, empêtré dans le bataclan de ses illusions optiques... Je ne vois que le soleil qui se couche.

S'il est mathématiquement impossible de déceler la pépite de l'âme sœur, il est toujours possible d'aller vers le mystère. Tel le sourcier muni de sa baguette, vous irez sur la trace des sources, vers l'eau des regards, en laissant courir le cœur sauvage. La baguette vous servira de clé. Les clés ont mille formes, des plus petites aux plus ouvragées : mots de passe, prénoms, titres de poèmes, lieux de rêve, coïncidences, signes dans le ciel, et n'importe quoi d'autre de grave ou de frivole, de simple ou d'insolite. Carrefour de tension, de légèreté... Danger suave ! Et propre à faire pleuvoir un voluptueux chagrin...

Se mettre en vacance du monde

La clientèle est fantasque, et à décision variable. C'est pourquoi nous avons prévu de tout satisfaire. Voici donc la possibilité, à l'intérieur de votre contrat de renaissance, de vous offrir un séjour combiné : moitié sans, moitié avec. Avec ou sans moitié. Formule hygiénique, commode à tiroirs, joignant l'utile à l'inutile et l'agréable au désagréable, comme les disjoignant selon l'humeur et la fatigue. Avec conditions renouvelables sur simple énoncé des partenaires. C'est le respect des différences dans l'usage délicat du partage et de la liberté.

Extensions optionnelles

La plupart des hommes ont remarqué qu'au retour d'une absence de quelque temps, ils retrouvent leur(s) femme(s) en meilleure forme et de plus belle humeur que dans le quotidien abrasif des échanges. Partant de ce constat, le négoce socio-affectif sera une affaire de dosage et d'équilibre, ou pour parler plus carrément : quand on s'est assez vu, le mieux est d'aller voir ailleurs, afin de pouvoir se revoir ensuite... Une pincée de lucidité pour conclure : entre personnes normales, il faut essayer de vivre en état de « guerre limitée ». Nous ne parlons pas ici de ces très hauts esprits, tellement hauts qu'ils ne touchent plus terre, confondus avec des gravures de saints, et qui, paraît-il, aiment tout le monde, c'est-à-dire personne. Nous parlons de gens ordinaires pour qui la guerre est un phénomène courant — et courant même à la vitesse d'une traînée de poudre à travers le monde... La *Revue française de polémologie* a gravé à son enseigne un bel exergue : « Si tu veux la paix, connais la guerre. » Ainsi savourera-t-on la paix sans cesser de parler de la guerre ; soit de celle qu'on a terminée, soit de celle qui se prépare. A moins qu'il s'agisse d'une variété de ces sempiternelles guerres de religion dont on parle à maux couverts. C'est ainsi que les bons tanks soviétiques, soutenus par les bienfaisants Mig de la même bannière vont planter des croix socialistes en pays afghan. Et en attendant mieux. Petit joujou de mots, en passant, pour se détendre (on détend ce qu'on peut !) : pour qui voit clair, une guerre illimitée dans une paix délimitée...

Mais comme vous n'êtes pas l'excellent camarade Poponev, vous n'étendez pas si loin votre mansuétude. Vous allez modestement vous contenter de ne pas pousser Mémé dans les orties. Vos options ne seront ni dans les chars ni dans les avions (c'est encombrant et trop cher), mais dans une arme absolue : le robot ménageant. Vous ménagerez tout ce qui peut l'être : le ménage et son manège, la ménagerie, la chèvre et son chou et quelques querelles d'Allemand sur horaire aménagé. Vous opterez pour une figure d'homme désarmant...

Sans même parler du prodigieux perfectionnement des armes de toute nature, nous nous arrêterons plutôt sur l'arsenal des armes psychologiques, déjà extraordinairement fourni. Nous avions subi la guerre défensive, la guerre de positions, la guerre éclair, la guerre totale, la guerre des nerfs, la guerre de diversion, la guerre froide

Se mettre en vacance du monde

jadis et naguère... Alors, pourquoi pas la guerre limitée ? Une guerre limitée aux belligérants apparaît déjà comme un étonnant progrès, nous ramenant en ces temps classiques où on avait le sens des catégories, et où la guerre était l'affaire des gens dont c'était le métier. On a embrouillé ces notions satisfaisantes, et c'est pourquoi vous subissez la scène de ménage hebdomadaire des Bosselet, avec bris y relatifs, et les hurlements explosifs de la marmaille aux Vanderpluck. Tant il est vrai qu'on ne vit pas seulement ensemble pour s'aimer et s'admirer, mais aussi pour se supporter. Le ressentiment a toujours été le ciment des familles et la matière première d'excellents romans et d'un théâtre à succès.

Que vous teniez mordicus à vos chagrins et autres ferments de discorde, je l'entends bien. Néanmoins, si vous voulez vous préserver de la guerre totale, nous ne saurions trop vous recommander, dans le cadre élastique des extensions optionnelles, des options extensibles. En l'absence de l'Autre, mettez une présence à profit : une plante, un cheval, un vase, un manteau de renard bleu, une chaîne Hi-Fi, une lecture excitante, une croisière, des tempes grisonnantes, un grantamour salutairement bref... La gâterie défendue. Filez du mauvais côté ; hors des sentiers battus — lesquels sentiers, soit dit en n'y passant pas, depuis le temps qu'on prétend ne plus les battre, devraient se sentir très banalisés... Allez donc vous égarer au flair, fouille-mocheté tatillon, détective très privé, allez gratter un peu par là, voir s'il n'existe pas, bien ignorée, une de ces superbes horreurs que ces bons guides rou-

Le guide des chagrins

gissent de signaler : une copie naine de la tour Eiffel, une fontaine de Pétrarque, un Hitler à dada, un Staline à l'œil doux... Et impressionnez votre pellicule...

Cherchez-vous et vous trouverez

Laissez donc parler son langage à la divagation, mesure provisoire de nos visages défigurés... Ainsi, durant que le suant du contingent sera en excursion classée à subir le guide du château, à daguerréotyper la mer de Glace ou la tour de Pise, vous serez coupablement ailleurs, en quête d'un autre Autre, ou simplement de ce *vous* transgressé. Car on a encore plus de mal à se trouver et à se trouver différent, qu'à trouver saint Quelqu'un... Alors, faites-vous, pour une foi, cette faveur : trouvez-vous espiègle, sympa, génial (pour le moins) ; donnez carrément dans l'illusion de ces tics. Faites du trompe-mon-œil avec vos ronds d'heures... Limez les arêtes, polissez le cocon, saluez les couleurs, cueillez dans les vergers... Prêtez-vous au soleil, ma Mie, le seul mâle à la vigueur inépuisable. Foulez, fieffée follingue, le sable de vos dunes, en entendant de loin les cloches assermentées...

Et toi, mon Frère en débridement, va, cours, vole vers les rivages, confie ton astre fragile à la matrice des eaux nourricières, plonge-toi dans le ventre des eaux bleues, sois de nouveau à naître l'enfant de la mer...

Les piles ainsi rechargées, ne négligez pas de

Se mettre en vacance du monde

vous retourner contre le gros de la troupe. Les comiques troupiers sont en traque de répertoire. Munis de vos extenseurs psychiques, soudain, crac ! vous renversez la vapeur ! vous devenez l'Assaillant ! Trêve de partance et de coup d'aile, car à défaut d'âme sœur [1], vous avez trouvé le plus trouvable : les inquisiteurs, les volumineux un peu trop là, la parentèle par mésalliance, les antipathisants, les censeurs et les gugusses... On a beau les perdre dans la forêt des Ombres, ils ont tôt fait de vous rejoindre, enfin eux ou leurs sosies : c'est fou ce que les autres se ressemblent, vous ne trouvez pas ?... Partout le même jarret à vos basques ! De quoi choisir vos ennemis comme vos chagrins, pour la guérilla musclée. Mettez du coup votre penchant de pacifiste en vacances ; c'est bien son tour. A vous d'empiéter sur le gazon. Renonçant à la gomme de votre belle timidité, courant d'air ou cantatrice chauve, vous voilà fait rhinocéros ! L'admirable défense en place du nez va creuser les rieurs. Travaillez à l'avenant un barrissement sans réplique, soufflez, naseaux, de fétides propos ! L'œil injecté de haine aveugle, incisives aiguisées au contact de l'émeri adverse, vous serez, mes jolis, resurgie de quelque Gévaudan, la Bête Horrible ! Arlequinades et travestis ont l'illusion recommandable pour exsuder vos humeurs humi-

---

[1]. « Un peu d'arithmétique nous aidera à dissiper la notion d' " âme sœur ". Il y a en gros 1 milliard d'hommes et 1 milliard de femmes sur la terre. A supposer que les amoureux en quête d'une âme sœur aient regardé dans les yeux 10 000 personnes du sexe opposé, ils n'ont vu qu'un cent millième du stock disponible, ce qui est vraiment insignifiant. » Bergen EVANS, *Histoire naturelle des sottises*, Éd. Plon, p. 244.

liées... Ainsi enflés, vous verrez avec satisfaction la populace refluer vers les glacis mous, métro, parkings, drugstores, bureaux, ruelles, bagnoles, tous bocaux informes où l'on boucle vos spasmes !...
Et vous allez RIRE, nom d'un bouffon !!! Rhirhe ! An-ti-cons-ti-tu-tion-nel-le-ment ! Rire sismique, paillard et somptueux. Tornade trompetteuse qui vous hissera P.-D.G. de l'Aérosol ! Grand Gibbon chez les Blattes !

En fin de règne, ils en seront quittes pour la peur, car vous n'êtes pas vilain bougre : vous n'allez pas les écraser ; ça serait empestant. Mais retenez en résumé qu'on tient toujours compte d'un mauvais caractère. On l'aborde sur des charentaises, on l'entoure de concessions, on lui offre le fauteuil aux accoudoirs, on l'approuve en se gardant de comprendre. Vous obtiendrez ce statut dans l'imbroglio social, à mesure de votre aptitude à vitupérer, à vous répandre en déflagrations. Le père paisible est le punching-ball des prestataires de horions et de coups bas. Mieux vaut tête de cochon que tête de pomme.

Certes, c'était du théâtre. Nous venons d'applaudir à une saynète d'amateurs. Souvenez-vous pourtant du programme : c'est un laxatif qui en a décongestionné plus d'un.

Vous vous dites peut-être... Peut-être rien. Ou bien que je vous détourne en des lieux accessoires, entonnoirs ou estrapades ! Séjours combinés, n'est-il pas vrai ? Avec ou sans Quelqu'un. Et en guérilla limitée !... N'est-ce point là une climatique ambiguë dont raffolent les ténébreux ? Alors de quoi me plains-je ? Débarrassé pour un temps du bon sauvage, savonné de vos griefs, vous voilà redevenu l'homme décapé au Gay Savoir... De quoi tenter avec une moitié retrouvée le tout pour le tout.

Avec ou sans étoiles filantes, avec ou sans Vigilants Organisateurs, votre sphère ludique arrondira la dilatation de votre plexus. Vous n'aurez point honte de jouer. Le goût du jeu est inscrit dans notre nature. C'est toujours plus ou moins dans l'attendrissement qu'on se souvient de ses premiers osselets, de la corde à sauter, de la marelle, de pigeon vole, des petits saint Jean et de la paume placée... Ces fleurons d'enfance dégénèrent en rugby, en tiercé, en belote et en pêche à la ligne, mais le besoin demeure, ce besoin d'échapper, par moments, à l'uniformité du quotidien. Ne pas tenir compte de cette nécessité-là est pernicieux. Et l'inflation désordonnée d'étiquettes que propose aujourd'hui l'industrie des loisirs répond mal à cette demande de brèches dans les murs. Je dis « mal », car ou bien l'on vous parle de vous expédier aux antipodes (et la distance ne fait rien au voyage), ou bien on vous propose la rigolade (ce qui est loin du jeu). Le jeu est dans la joie de faire, et de refaire. Et de satisfaire.

Une bonne ludothérapie suppose de l'action. Vous investirez donc vos provisions de grince-

Animation, sports, artisanat, culture

Le guide des chagrins

ments de dents au cœur d'un jeu qui requiert de la force, de l'adresse, de l'astuce — cela à votre mesure naturellement. Le choix est vaste : tous les sports, du plus bénin au plus sophistiqué. L'air, la terre, l'eau sont nos éléments porteurs qui se prêtent à toutes sortes d'exercices d'assouplissement. Votre corps, réticent au début, vous saura finalement gré de le laisser s'exprimer, et sans doute de l'affermir, de l'embellir. N'oubliez pas non plus qu'on souffre mieux dans un corps aguerri et qu'une santé suffisante circonscrit les chagrins dans les limites du supportable. L'avenir, qui n'a pas de réserve, ne pourra pas vous en donner.

Peut-être aussi avez-vous remporté des coupes à ne pas laisser rouiller : celles qu'on tend aux pleureuses et qu'on boit jusqu'à la lie. Entraînez-vous à l'indignation, à l'amertume, à la colère, contractez vos zygomatiques, tordez-vous les mains (rien de plus tordant), tombez à genoux (prostré, de préférence), flagellez-vous (avec serviettes mouillées : excellent pour la circulation), arrachez-vous quelques cheveux (sauf si ce sont les derniers), mordez-vous la langue : ça fait heureusement très mal ; bref, ne perdez pas la pratique de la bure et des macérations... Considérez que votre répit n'est, comme disait l'avisé docteur Knock, qu'« un état provisoire qui ne présage rien de bon ».

Se mettre en vacance du monde

Il serait surprenant que ce baudet bildinge [1] ne vous délie pas l'esprit et les tendons, poussant aux entreprises de l'avant-dernier saut votre acquit de vitamines et de sérénité. Je dis « avant-dernier », car dans la vie il n'y a de « dernière » fois qu'après. Ainsi, vous aperçois-je à la mi-temps, dans le dépouillement obscur d'une grange, tissant la trame de désagréments nouveaux, capsulant des flacons grouillant de bactéries vengeresses, coulant au cœur d'innocentes bougies un fulminate de derrière les fagots, bricolant un téléguidage de missiles gonflés à bloc de noyaux de pêches et de maroilles avancé... L'artisanat rêvé, l'imagination à l'ouvroir. Les Vigilants Animateurs, les Sioux à *n* plumes peuvent aller rhabiller leurs ludo-tics. Vous avez des idées à leur revendre et un fameux passé d'apprenti. Revenant de vos errances, vous voilà Maître ès Arts en dompterie : approchez-vous, badauds ! Notre belluaire va vous proposer la primeur de son numéro de cancrelats savants ! De même que Cendrillon a cru voir dans une citrouille un carrosse, de même vous verrez les cloportes voler comme des libellules. Ces choses-là n'arrivent pas qu'aux autres. Il suffit d'ajuster de bonnes lunettes à doublure de focale... Tout le secret de la culture est là : faire de ses carences une échelle mobile... Il n'y faut que quelques

Bricolez votre bazar

---

[1]. *Body building*, pour les américanisants dans le coup.

barreaux de folie, mais ils sont indispensables et de préférence en caoutchouc naturel, en coup de bambou, en mou de veau.

C'est pourquoi vous cultiverez l'asphodèle du délire... Attention ! point de qui-propos entre nous (comme m'a dit ce représentant maniant la bourde et l'argumentaire). Comprenez-moi bien. Nous n'allons nullement ici nous abîmer dans une de ces dissertations nébuleuses où joint, coco et autres mixtures à visions nous sont abondamment servis. On est pour l'escarpolette et pas pour la bascule automatique. Laissons cela aux démunis de ressort, aux privés d'imaginaire. Pour nous, il s'agira d'aller déterrer la truffe de notre humus, de susciter du fond de soi la rose noire et tendrement violente qui veille au cœur de la volonté d'être...

Vous la palperez en vos rêves magiques, sur vos chemins de perdition, comme on touche un fruit mûr, comme on effleure un enfant, une femme, un sexe, une rosée d'aube... Ce contact ineffable vous mettra en état de révolte intime, la seule qui vaille : en état de totalité (certains disent : en état de grâce). Ce qui repeint le mot révolte, tellement décrépit, du plus sensuel des sens. Votre animation (vous savez ce souffle plein de l'animal : l'*anima*) sera très loin de ces remugles aux criardes banderoles, aux tyrannies inconstantes. Invités choisis, je ne vous convie pas à la Grande Beuverie — les peuveries sont ce qu'elles peuvent — mais à une haute distillation, à une fraîcheur supérieure, très éloignée du bifteck de semelle sous la fesse des Barbares... « Jouissons et dansons, mais voyons clair. » Ainsi va l'Homme libre.

Anarchistes au naturel, hommes et femmes de veine, ne vous croyez pas pour autant tenus de voler le miroir de l'ascenseur, d'apprivoiser des coquecigrues, ou de vous inscrire à l'Association pour la promotion des peignes en corne [1]. Toutes activités possibles bien sûr, mais l'essentiel de la question, vous l'avez compris, n'est pas là ; il est dans votre présence singulière, dans le témoignage scandalisé, bien qu'ironique, que vous donnerez du monde. Du monde des faiseurs.

Vous voyez, cela vous occupera. On ne risque pas de s'ennuyer à saboter le train-train de l'Absurde. Il y faut des bras, plus de jambes encore et un nez extra-fin. Du courage, de la lucidité ; mais cette quête vous mènera aux exaltations irisées. Vous irez de feu en feu d'artifice, la fleur au fusil et l'œil au téléobjectif. Partout le gibier abonde : dindes, balbuzards, crécerelles, butors, tarins... Taillez-vous un bel arc dans la branche d'un frêne, quelques flèches dans des rejetons de noisetier, bandez le rire et visez la lourdise au défaut de sa cuirasse. Pêcheur de perles, chasseur de vent et trappeur de culs noués, la provende vous fera l'homme nu le plus pourvu du monde.

Bien entendu, et pour vous reposer du sport, il reste toujours les distractions plus sédentaires. Nain jaune, trou-madame, re-belote et compagnie. G. Zwang, pour qui le programme commun est avant tout ludique, nous en donne un aperçu : « Debout, c'est possible si la femme

---

1. *J.O.* du 13 septembre 1979.

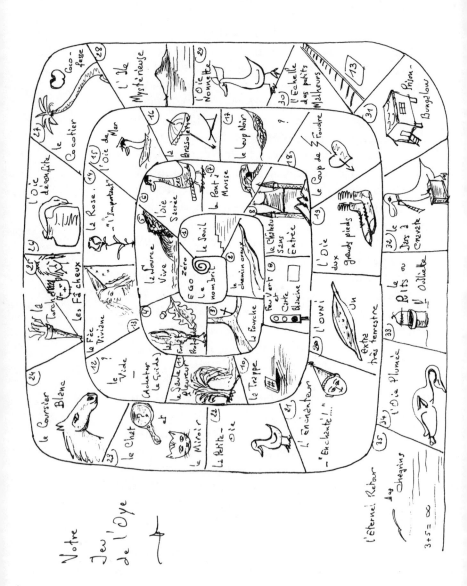

Se mettre en vacance du monde

penche le buste en avant, et s'accoude sur une table, une commode ou la balustrade d'un balcon... Assis, on peut continuer de regarder la télévision [1]... » Sans oublier le carré blanc. Il est certain qu'ainsi agrémentée, la physionomie du « présent tâteur » prend un autre intérêt.

Enfin, refuge inépuisable, la lecture. Au bout du conte, il vous restera toujours les livres, la danse des mots. Vous relirez *La Belle au bois dormant* et *L'Éloge de la paresse* (du chanoine Leclercq) si vous avez envie de grasses matinées.

Que l'on vous ait assaisonné un petit circuit à la carte je-ne-vous-dis-que-ça, ou que le hasard serve l'imprévu, de toute façon, il est probable qu'il vous arrivera des choses...

Coins Show-Chocs du voyage

Ayant déjà parcouru plusieurs cases de ce jeu de l'Oie à touristes, une main secourable — ou un coup de dé — vous tirera de la « prison » des usines à bronzer. Vous y laisserez les manœuvres à leur chaud-fourneau, et partirez crânement pour l'échappée rebelle, vers ces arrière-pays où l'arrière-saison vous a un arrière-goût de pomme reinette.

On vous l'a dit et redit : changez-vous les idées ; changez de côté ; changez de garde-robe ; changez votre fusil d'épaule... Changez-vous. Nous avons vu d'ailleurs qu'en mettant les pieds où il faut, vous pouviez gagner au change. Reste

---

1. *La Fonction érotique,* tome 3, p. 149.

Le guide des chagrins

à pimenter le circuit de beaux obstacles et de brusques félicités ; car la vie n'offre que ce qu'on y met : les étoiles, les coups au cœur, les coups (de pied) au cul... Sur le Chemin Aventureux, à cœur veillant rien impossible.

C'est en vue d'une certaine commodité elliptique que nous allons recourir au symbolisme du jeu de l'Oie, venu du lointain dédale grec, et qui perdure (comme par hasard, au dos de ces dames du jeu) dans la ludomanie de nos enfants. Jeu et contes seront ici confondus, en souvenir de la bonne Mère l'Oye ; et aussi parce que le temps vient de faire vos comptes, pour vous, très chers, que le retour en disgrâce attend.

Itinéraire initiatique, ce rallye en trente-cinq stations ne vous propose qu'un exemple de révolution parmi d'autres. C'est à votre fantaisie qu'il revient de choisir vos figures d'élection, — celle du percepteur ou de la ballerine d' « Éros et Thanatos » —, vos trappes et vos clairières, la cure à Plombières ou le congé de maternité. A chacun son Je entre le Ciel et l'Enfer : nul mieux que vous ne sait ce qui vous turlupine.

Vous aurez donc le choix des directions, l'alternance des doses entre les risques de l'Épreuve et ceux de l'Éblouissement, mais vous n'échapperez pas au rite purificateur des cases à péage : jours de pluie, visite de l'oncle Gabriel, cloque au pied, menu Borel, autocars excursionnaires, crises de foi, d'espérance et de charité, chambre donnant sur l'abattoir, bielle coulée (soyez cool, tout cool), bref ! Guenièvre et Lancelot modernes en quête d'imprévu en la Forêt Profonde...

Se mettre en vacance du monde

Si le trajet vous surprend à court de souffle, des petits airs de repos vous procureront le répit de la Dolce Vita. Quant aux oies que vous entendrez cacarder sur votre route, média-quiès : elles ne feraient que vous assourdir de leurs crincrins habituels remontés à la gidouille des publicitaires et aux pétoires des informateurs. Depuis le temps que le monde tourne mal et que le bol en a ras les berges, il y a très longtemps que tout ce bruit se dilue au creux d'ouïes fort désœuvrées. Pas d'importance.

Avant de vous donner au jeu, quelques indications sur la règle : se joue du sort, seul, à deux ou plusieurs, avec des dés, des sourires, des cailloux blancs, des bons mots... Chaque joueur part du Zéro (le nombril de M. X, de Mme Y) vers l'Infini, évidemment.

Comme vous voyez : un jeu d'enfant, et qui vous rendra les tentations errantes de l'enfance.

Nos petits dessins vous diront assez quelles aventures vous propose le parcours, quels risques et quelles frasques vous encourez... Par exemple le Calvaire de la Fourche (en 3), la Trappe (en 10), la Fée Viviane (en 13), le Loup Noir (en 17), l'O.V.N.I. (en 20), etc. Des stations-refuges, où vous pourrez jouer Pouce, vous laisseront attendre et dormir : au 16, la Parasolerie ; au 27, le Cocotier ; au 31, la Prison...

Attention ! L'Oie Sacrée du 6 est bidulisante ; ayez vos petits papiers en règle (reportez-vous aux pages 21, 22, 23 du *Guide*). Elle vous interdira l'entrée du Château qui n'en a pas. Par contre, elle peut, les jours impairs (jours de pluie naturellement) vous refouler vers le 3, vous envoyer à la Trappe ou à la Prison, selon le gage convenu. L'Enchanteur du 21 a un charme fou et possède des dons ; le Coursier Blanc (24) est extrêmement fougueux (évitez de le monter dans votre chambre). Les Fâcheux sont les fâcheux (25) : évitez aussi. En 28, l'Ile Mystérieuse recèle un trésor... L'Oie Nonnette du 29 prêche la pénitence et l'Oie Plumée du 34 est complètement raide...

Sachez encore qu'à l'ombre du Saule Pleureur, vous attend le Consolateur, un esprit sain. Que pour la contemplation de la Rose le pliant est fourni. Qu'à la Parasolerie, le nudisme est accepté, (s'il est acceptable). Qu'en 19, on peut vous offrir le super-pied. Car en 20, l'Objet Volant dont il est ici question peut, avec du tact, être aisément identifié. Qu'au 32, le Jars à cravate (armé de l'attaché-case) vous enverra, d'un coup de palme dynamique, à l'Oubliette. Capri c'est fini. Enfin, au 33, la dure vérité gît au fond du puits. La fin des vacances aussi.

De ce circuit allégorique, vous emporterez, dans les plis de votre carnet de route, les souvenirs signalés d'étoiles, illustrés de photographies et de scoubidous variés, commentés d'invectives et de compliments, l'adresse de Marie, le téléphone de Jules, les additions, les soustractions, les entorses et les coups de bambou : votre brouillard de caisse...

Préparez-vous une nostalgie qui ne sera plus ce qu'elle fut, instruit d'une lucidité nouvelle, selon laquelle le passé, pas plus que le futur n'existent. Tout juste matière à romans... Seule compte la *durée* qui ressemble à ces sacs de dames, d'où l'on peut sortir, en bon illusion-

Se mettre en vacance du monde

niste, n'importe quoi d'inattendu. Ce volume de la durée ne se trouve que dans l'instant, « profiter de chaque heure, incertain de l'heure qui suit ». Benjamin Constant a tellement bien expliqué cela qu'il en a rendu *Adolphe* immortel (à relire éventuellement...) Passé, futur sont linéaires et plats. Seul le présent est rond. Comme une fleur, comme un regard d'enfant, un ventre de femme. Seul il vaut la peine d'être habité (voir votre *Guide*, p. 61).

Vous ne ferez donc pas comme ces « Attachés commerciaux agressifs pour qui la réalisation des objectifs ne constitue qu'un plancher [1] ». Non. Ce plancher vache vous suffira et vos objectifs seront purement et simplement subjectifs. Quant aux attachés agressifs, vous les ignorerez avec le détachement qui va de soi, peu soucieux de rendre une pelote aux superviseurs bien aiguillés.

Les pages qui vont suivre se proposent d'ailleurs d'organiser votre balustrade de retour contre les prognathes, de camper votre self-défense intégrale...

---

1. Annonce parue dans *L'Express*.

3.

Comment revenir ailleurs que sur ses pas

Si partir c'est mourir un peu (aux autres), revenir c'est revivre beaucoup. A condition de revenir à soi.

De cet azur où de francs respirs ont oxygéné vos chagrins, vous voici de retour, mis bas après envol, décrochant de ces lévitations aérées pour, derechef, poser le pied sur terre, délicatement, sans prendre le genou dans le sternum... Vous revenez de loin. Reste à revenir au mieux.

Quand il faut refaire surface alors qu'on est complètement parti, il y a toujours quelque risque de fausses manœuvres. Astronaute de votre microcosme d'où les distorsions ne sont pas absentes — convenez-en une minute, pour la commodité de mon exposé... —, l'atterrissage *ad hoc* n'est pas « évident », comme on dit aujourd'hui pour parler de certitude. Les retrouvailles avec la platitude auront fatalement quelque chose de laminant. Vous qui ne rêvez habituellement que plaies et bosses, vous voilà de retour au

Le guide des chagrins

Plat Pays, ô combien !... Vous n'aurez donc aucune peine à y ensemencer à nouveau la déception, semailles promises aux panicauts (sorte de chardons), qu'émailleront, par inadvertance, quelques coquelicots. (Heureusement, ça rime.)

Bref, tout ceci s'annonce fructueux. Et comme ce *Guide* se veut aussi un antiguide, selon l'engouement de l'époque pour une certaine philosophie du Non, nous vous aiderons de notre plus mauvaise volonté à ne pas laisser vos chagrins sans emploi. Un chagrin au chômage est une manière d'orphelin, quelque chose d'incongru, de désolant. Nous vous leur trouverons un bon patron, un Père Fouettard qui les fera turbiner sans pause, en les obligeant à se syndiquer à la C.G.T. (la Confédération Générale des Tracas comme chacun sait). Ainsi parés, ils ne seront pas en peine.

Vous allez donc avoir l'avantage de suivre, au fouet de ces pages, les plus avisés conseils qu'un payeur ait jamais prodigués. Et comme ce payeur est du bois dont on taille les instruments à vent, que seulement vous fassiez de votre vie une flûte que je puisse emplir de musique... Ainsi que disait à peu près Rabindranath Tagore. (Un bien beau nom, n'est-ce pas ?)

A y regarder de près, lorsque nous parlons de « revenir », c'est quasiment comme si nous étions déjà revenus : car on ne peut jamais partir. Vous qui cachez à l'entresol de votre à-part un petit penseur qui ne sommeille que d'un œil, vous voyez ce que je veux dire... Bien sûr, on fait son baluchon, on prend un billet, on couvre des kilomètres. On part. Physiquement. Mais, valises défaites, on s'aperçoit qu'on a transporté ses chemises à problèmes entre les chemises et ses griefs bien chiffonnés dans le vanity-case. C'est pourquoi la seule façon intéressante de vous imaginer que vous êtes réellement parti, c'est de revenir différemment ; de vous tromper d'adresse. Ainsi, pour rentrer au mieux, une seule adresse : celle de l'Hôte. Nous développerons cet aspect tout à l'heure. Vous l'avez peut-être remarqué : dans les clubs de vacances, on ne parle jamais de retour ; on glisse, en se gaussant des « visages pâles » qui vont remplacer les peaux tannées par le brio de l'insouciance. La notion de retour est une valeur non marchande ; ce qui n'empêche pas qu'on vous la fait payer quand même. Ça ressemble assez à ce qui se passe dans les hostelleries bon genre, où l'on insiste si peu sur l'addition que c'est même tout un travail de prière pour obtenir cet anodin renseignement, avant de reprendre la route. Quand enfin quelqu'un vous amène la nouvelle consignée sur un papier exigu, on s'apprêtait à n'y plus penser... Finalement, on s'étonne de voir les billets disparaître dans la soucoupe volante d'un garçon tombé du ciel.

Chez nous, rien de cette lâcheté. Tout vous sera dit de ces vérités difficiles, parmi lesquelles l'une des plus décevantes est ce que je viens de vous écrire, sans avoir le cœur de me relire : que vous avez peut-être fait un long voyage pour rien. N'en faites pas en plus un drame : on fait tant de choses pour rien !... Ce qui importe, c'est la volonté d'action. Racine, dit Sartre, c'est, tout compte fait, l'ensemble des tragédies de Racine.

Le guide des chagrins

Et vous, vous serez, pour une part, ce que vous aurez voulu tirer de vos déconvenues. Rien de ce qui est fait ou rêvé n'est vain. C'est aussi pourquoi je ne vous laisserai pas tomber de sitôt. N'étant pas plus paresseux qu'un autre, je vous mènerai jusqu'au cœur du labyrinthe, guidé par les ronflements d'un Minotaure cacochyme, extraordinairement repu...

Le barda : souvenirs, objets typiques et autres diapos

Vous avez certainement dégotté à grands frais un certain nombre d'horreurs : colliers de graines empoisonnées, négresses aux seins invraisemblables, bois passé à la teinture d'ébène, bouddha libidineux, fausse lampe à huile de l'époque des Achéménides, boubous signés Boussac, bref ! ces étranges rogatons dont le touriste européen s'émerveille, alors qu'il ne mettrait pas un pied au Louvre sans qualifier son effort de « chiant ». Naturellement vous tenez à ces machins, surtout par le prix dont vous en avez payé le marchandage. Également, parce que ce sont les cailloux blancs de ces journées éperdues où tout a été possible, bien que rien ne fût arrivé. Il y avait les étoiles habituelles au ciel, sinon au front de l'Ange du Bizarre ; il y a eu des essais Nouvelle Norme, option gravité ou option futilité ; il y a eu peau bronzée à défaut de peau neuve... Le hâle, comme les verres fumés, camoufle assez les stigmates d'un temps péri.

De ces moments rechargés, de ces « moments

de force », comme dit Vauvenargues, « où l'âme peut se suffire et dédaigner tout secours, ivre de sa propre grandeur », vous garderez les précieuses icônes. On a beaucoup disserté sur la magie photographique, sur ce déclic, captant dans la fixité de l'éternité, la quintessence des secondes. S'il est vrai que l'intuition de Niepce a été guidée par le travail inspiré de ses amis alchimistes, il paraît moins surprenant de garder sur ces visages pris au piège d'un fugitif immobile, dans ces sourires et ces regards que nous aimons, une vibration d'athanor... Je vous imagine, mes Sœurs, mes Frères, mes Amis, dans les lentes soirées d'hiver où le cœur s'entend battre, je vous vois penchés sur ces fronts intrépides, caressant du regard un corps luisant de soleil, et attendant — qui peut savoir ? — que le flot sorte de ces images, dans un vaste raz de vertige, qu'il vienne baigner vos pieds, avant de se retirer, ressac de souvenirs chauds... A la mer comme aux visages, il ne leur manque que la parole, n'est-ce pas... Vos ektachromes gardent une bleuité qui ne vous avait pas frappés : cette main saisie dans l'air coagulé autour de son envol ; ce regard ébloui ne cessera plus de vous sourire ; ce bébé au visage plus clair que mille soleils... Une mallette d'azur (à défaut, une boîte à chaussures fera l'affaire) vous refera divaguer,

De-çà, de-là,
pareil à la
Feuille morte...,

jonchant la moquette de lucarnes d'été... Bien sûr, horreurs et beautés veillaient déjà en vous-mêmes. Vous êtes seulement allés les remuer, les retrouver. On ne découvre que ce qu'on apporte. Derrière ces belles images, vous cherchiez peut-être des réponses. Il y a du provisoire dans les réponses. Mais enfin, une voile sur la mer, un cri dans la montagne resteront voile et cri gravés dans la mémoire. Vous avez approché un autre lieu d'être, vous avez dépaysé le chagrin, le clairsemant dans le semis des galets, dans la kermesse des vents, des chaleurs et des eaux... Mais le plus dur reste à faire ; c'est de crier, avec les boutiquiers en stylos et cartables : Vive la rentrée !...

Car, pour tamponner le visa aux naïfs du charter, disons-le tout net et à l'encre indélébile, (quand presque tout le monde s'imagine « partir », alors qu'il ne fait que « voyager ») : dans la vie de chagrin, si l'on veut s'oublier, il ne faut prendre que des allers simples. Luxe généralement réservé aux truands qui ont réussi.

Dans le cas contraire et banal, songeons à nous ménager un retour à nos sources à soucis, à réutiliser le plumeau et la wassingue (merveilleusement rétro), à réussir une rentrée puisqu'on a raté la sortie vraie...

Mais s'il n'y a de réponses que dans la croyance, il y a du répit dans l'erreur colorée des apparences. Gros Jean comme devant sur le fond, vous aurez néanmoins traversé un espace rêvé, dont il vous restera ces instants filmés, incroyables et vrais.

Un jour, l'humidité du doute les pâlira... Qu'importe ! Vous avez juré de recommencer.

Comment revenir ailleurs que sur ses pas

Inventaire de la Besace. Outre les cumulo-nimbus du souvenir, il vous faudra prévoir un équipement idoine, propre à vous donner prise immédiatement sur le réel. Méfiez-vous de ces hésitations, de ces flottements qui gondolent d'indécision le premier face-à-face avec le bazar. Vous vous munirez donc...
• d'une clef de sol, d'un système réflexe, d'un fil d'aplomb, d'une boîte de vitesse (à bonnes reprises), d'un niveau à bulle, d'un disque à retourner, de pilules par terre (pour le chien du voisin qui n'arrêtent pas d'aboyer. Avec -ent, car le voisin aussi aboie. Quels gens !...) Ce n'est pas tout ; vous devez encore réunir :
• un certificat de vie à plein temps, un bon usage des lieux, un lien d'ail, une échelle amovible, un critérium d'optimisation, un lot de fables gigognes, des vusibles, un parfum d'autrefois, une pince à linge (usages multiples : corsage, nez, homard, fesse, maille...), un rôle en or, des intentions cachées, un abat-cons, une quittance de noyé, un pied courant, un traitement de choc, une voix de garage, un tranche-montagne (pour renouer tout de suite avec l'éviction des matamores), un rouage essentiel, un fer à cheval, une comptine à devinettes, une face sud, un désir d'y remédier, une tête de lecture, un moulin à café, un pet porté, une hypothèse de travail, un pur joyau, du P.Q., un air dans le vent, un paquet de nouilles, un plan opérationnel, un

Nécessaire de retour

Le guide des chagrins

cherche-midi, un en-tant-que-de-besoin, un collant champagne (ça plaît toujours), un lapsus révélateur, un contenu sémantique des échanges, un fait nouveau et, naturellement, une alternative... Mais ce n'est pas tout. Pour parer à toutes éventualités et pallier le rêve impécunieux, il sera encore recommandé d'amener :

• un roi de trèfle (pour vous, mesdames), une dame de cœur (pour vous messieurs), un valet de comédie (pour les deux)... Parenthèse : cet ensemble vous assure un contenu des échanges avec boîte de vitesse à reprises foudroyantes mais sans aucun critérium d'optimisation. A vous de voir si le feu vaut la chandelle !... Et bouclons ce magasin avec : un rêve de valse, un anneau de Vénus, un conjoint de rechange, un homme de poche, une femme gonflée, un chat à neuf queues, un intérêt subsidiaire, un facteur de progrès, une paire de chaussettes, une structure à plusieurs niveaux, un déjeuner sur l'herbe, une solution de continuité, et... de la ficelle. Si vous y tenez : un raton laveur ; encore que, sans pré vert, je ne vois pas ce que vous en ferez. Ah ! j'oubliais : un brin de lavande.

Cette liste, bien entendu, n'est ni complète ni invariable. C'est un titre d'exemple à serrer dans votre en-tant-que-de-besoin. Maintenant, si vous me chicanez sur la nécessité de cette quincaillerie, que j'ai choisie avec grand soin à votre usage, eh bien, c'est simple : je n'irai pas, comme disait Q.R. [1] avec le dos de la Q.I.R. Je m'arme

---

1. Q.R. : Queneau Raymond.

de mon intérêt subsidiaire et de mon niveau à bulle...

Ainsi harnaché, vous allez retrouver ce qu'on retrouve toujours : l'odeur de renfermé. Sans préjudice de l'appartement rétréci. On constate ce phénomène de rabougrissement chez les espaces qui s'ennuient. Ne vous inquiétez pas. Grâce à votre bon usage des lieux, à deux ou trois de vos vusibles et au parfum d'autrefois, la dilatation normale se fera. Le brin de lavande dissipera l'odeur de vieil air, et la vie reprendra son cours. Vous retrouverez aussi la boîte aux lettres bourrée de papelards. Là, une stratégie (puisée dans votre système réflexe) s'impose : les yeux fermés, vous en balancerez deux tiers à la poubelle. Geste qui n'aura aucune suite notable. Le tiers restant, composé de semonces, de rappels illisibles, de cartes postales dont le plagisme aura déjà pris un coup d'ombre, vous le passerez à la tête de lecture qui vous facilitera le tri pour la voie de garage. Par la suite, n'hésitez pas à recourir à votre facteur de progrès qui se fera un plaisir d'acheminer le tiers comme le quart du courrier à une de vos adresses périmées, genre Château sans Entrée...

Le plus pénible n'est pas là. Ce sera, sitôt franchi le paillasson, de buter à nouveau sur les majuscules de votre champ métaphysique, les fameux chapitres de vos cogitations en panne : l'Amour, le Bonheur, l'Avenir... Aïe aïe aïe ! quel terrible zona que ces machins qui tellement datent, et que, salutairement, vous aviez oubliés, le temps d'un soupir (de soulagement). « Oubliés » n'est peut-être pas le terme juste. On n'oublie pas le bonheur. On n'oublie que les heures qui ont existé. Souvent même, c'est lui qui nous oublie (nous réglerons tout à l'heure cette horloge-là). Mettons plutôt que ces majuscules, aussi pédantes qu'ambitieuses, vous les avez, non pas oubliées, mais « négligées ». Très bien. Ça les rendra sans doute plus modestes. C'est en s'occupant des petits riens qu'on met les grands à la portée de toutes les bourses. En utilisant à bon escient votre lapsus révélateur, vous apprendrez vite qu'il ne faut pas faire cas des cimes trop escarpées ; que l'héroïsme, comme l'a écrit Camus (le boy-scout de nos Hintellectuels — avec une H inspirée), est facile ; mais qu'au long du ballast de l'omnibus du temps qui passe, la rampe est basse, n'est-ce pas Sigisbert, la rampe est basse (histoire de fous).

Votre clef de sol vous donnera le *la la la* de ce temps-là, vous épargnant les ratiocinades du bricologue égaré dans la serrure... L'échelle amovible mettra le décor à vos mesures, étêtant le caquet de ces majuscules qui donnent du galon général à la petite histoire. L'Amour, le Bonheur, l'Avenir, la Paix, etc., perdront en hauteur ce qu'ils gagneront en épaisseur. Ce retour au réel ne consistera point à revenir en arrière sur des traces embrouillées, mais à marcher en avant pour briser vos souliers neufs.

Comment revenir ailleurs que sur ses pas

Par des chemins détournés. Le détournement de chemin est une malversation trop peu utilisée, et qui pourtant permet de parvenir à ses fins, en y mettant deux fois plus de temps.

« L'important, nous dit *L'Expansion*, ce n'est pas *Le Rouge et le Noir*. » Bon. C'est le Rose et le Bleu (*L'Expansion* ne nous le dit pas : tant pis pour elle). Car le Rose et le Bleu sont les couleurs fondamentales du temps perdu, le plus précieux comme on sait, puisqu'il est justement gagné dans le détournement de chemin. Vous vous procurerez en la démarche un placement de premier ordre, fondé sur des valeurs extra-légères. Itinéraire de fantaisie, scandé par votre comptine à devinettes, débarrassé de l'impedimentum, vous reviendrez ici en « vagabonds efficaces », inattendus, à bord d'un dessein aérostatique, d'où la mêlée vous paraîtra plus dérisoire encore...

Vous aborderez ce temps recommencé à l'aide de votre face sud. Votre cherche-midi vous assurera un minimum d'ensoleillement et entretiendra vos mirages, en chamboulant quelque peu des habitudes auparavant réglées sur le gris des journaux et les rumeurs télescopées de la rue...

Vous risquez, au début, de ne pas vous y reconnaître, de perdre le fil des *kyrie* d'antan. Bien. Une rivière par là, quelques larmes d'enfant vous rappelleront que la même eau, pourtant toujours la même, ne coule jamais deux fois.

Voies d'accès

Le guide des chagrins

Inutile donc d'adopter une famille pour vos souvenirs. Pétri d'un grand passé, renoncez au petit passé de ces lieux déjà dits. Ayez surtout la mémoire des non. Pour le reste, oubliez le mieux possible. Vous vous êtes d'ailleurs entraîné à cette discipline au cours de votre périple débridé. Oublier fait de la place et vous fera une tête mieux faite.

L'oubli remet le compteur à zéro, en cultivant l'état d'innocence. Seul le désir demeurera le Phénix de cette innocence-là, toujours brûlée aux ailes et jamais au cœur. Le soin d'urgence est donc d'entretenir à tout prix vos 37° plantigrades. (Ce prix-là va devenir tellement prohibitif, avec la démence de nos pétroleurs, que je ne saurais trop vous engager à construire dans un petit meuble de chevet, votre propre centrale Nu Clé Air [1]...)

Instruit de ces vérités élémentaires, il se creusera naturellement un certain fossé entre votre certificat de vie à plein temps et les amateurs de chosettes qui se passionnent par exemple pour les « Débuts de la sédentarisation dans le bassin du moyen Euphrate », ou par un autre exemple, pour la « Diplomatique des documents papyrologiques grecs » — Dieu que cela est biau ! —, activités par ailleurs tout à fait honorables. Vous serez votre mythocrate munificent, toujours à l'écoute de sens nouveaux, en réarpentant vos mêmes panoramas ; ce qui s'explique d'ailleurs par une approche optique différente. Cette mytho-logis sera donc de vous tromper

---

1. Là, vraiment, j'ai honte !... Mais les écologistes auront rectifié : ... « Vous engager à vous équiper en énergie solaire. »

selon vos choix et pas du tout par imposition des demains qui ont d'autres chats à fouetter que les fameux chants. Que voulez-vous, le monde est plus doué pour le caca que pour la musique ; un équilibre menacé dans la compétition des contraires. Bien et Mal-faisances resteront ce qu'elles ne peuvent manquer d'être : questions posées aux cœurs et aux esprits. Le reste est chanson. Malheureusement, si — médias merci ! — nous sommes abreuvés de canzonnettes, par contre nous manquons de voix depuis beau temps... Et d'un frein aux refrains.

C'est pourquoi, à tout prendre, la plus vraie que vous ayez à portée d'oreille, c'est encore la vôtre.

« La Bonne Auberge » est toujours la meilleure au bout d'un soir de fatigue. Vous y arriverez en étranger attendu, aéré, poussiéreux, rentrant au Pays, lustré d'anecdotes d'autre part.

Je vit un tort éternel : c'est de ne pas être un autre. En jouant à cache-cache avec les mots, il jouera de cette illusion-là, appliquant à la petite semaine la vaste Interrogation : Qui sommes-nous ? Où allons-nous ? Nous sommes l'hôte de Quelqu'un qui fait de son mieux pour incarner le plus avantageux personnage — quitte à en changer, en cours de vie : du travail de comédien. La morale, c'est d'une façon le choix de ces registres-là.

Je
est un hôte

Le guide des chagrins

Il m'arrive de rêver d'un monde de sexe-fiction où chacun serait, à tour de rôle, une semaine la Femme, et l'Homme, l'autre semaine, rôle assorti en face de la même alternance...

Imaginez un instant ce mouvement pendulaire d'homme à femme. Ainsi, vous Fabien, vous voilà, au réveil d'un lundi, Fabienne. Plongé d'un coup (je dis « plongé », mais peut-être faudrait-il écrire « plongée ») dans la surprise interdite, ouverte aux mille secrets, sensations, perspectives jamais éprouvés... Cette chevelure, l'éclat de ce teint, la soie de cette peau, les adorables rondeurs, ô corps fleuri au jardin des hommes... Et la dolence, et les nerfs... Et l'idée fixe du coiffeur soudain, du chemisier et des chaussures soldées. Le tas de linge à repasser qui ne peut plus attendre, la dent du petit, et des clients, là-bas, qui, toute la journée, vont fabriquer des nœuds avec vos patiences... Délices ! Et l'homme qui vous prendra (pour le moment, il prend toute la place dans le lit).

Et vous, Sœur mon Amie, Jacqueline réveillée en Jacques poilu des talons à la tête ! Horreur ! (Ah oui ? Vraiment ? Vous croyez qu'elle crie comme ça, Jacqueline ainsi complétée ?...) Avec des épaules qui cognent aux chambranles, ces seins ridicules, des muscles roulant leurs cordes sous le derme, ou pire : l'empire du flasque, l'estomac conquérant, le pneu oléo-stable, le mollet cycliste et des pieds incroyables !... Vous n'allez quand même pas hurler « Maman ! »... Et la barbe !!!...

Et « ça », cette bête alambiquée, timide cochon d'Inde blotti au creux du fourré... Ça

Comment revenir ailleurs que sur ses pas

vous va ?... Ça n'a pas l'air, non... — Allons, petit, coucou petit !... Non, vraiment ?... Ce qu'on a pu, pourtant, nous casser les mouillettes, avec cette histoire à dormir couché : l'affreuse « privation » freudo-beauvisionnaire [1], n'est-ce pas, pauvres Chattes !... Alors, vous n'allez pas maintenant vous plaindre de l'embarras, de l'affaire en plus (qui entraîne, c'est vrai, un foutu surplus d'affaires !). D'ailleurs, songez-y : si vous voulez connaître la Femme en connaissance de chose, pas d'autre moyen : il vous faut vivre en homme. Pas rigolo, nenni ! Mais c'est le jeu. Et qui vous instruira des atroces angoisses du sempiternel Masculin. Allez, un franc mouvement, *sursum cauda* mes Biches et calmez vos andouillers : une semaine seulement, c'est pas le diable ! Votre jeu va devenir enfin celui de l'autre : vous allez y voir clair... Pas tentant ça ?

Ici, discrète confidence pour terminer mon rêve impossible, et qui vous permettra de patienter jusqu'à la semaine prochaine : l'homme qui vous parle, le *Vir absurdus* toujours pareil, et qui « connaît » bien, pense très au fond de lui, Jacqueline mon Amie, que vous possédez la reine des chances de vivre habituellement femme... Votre cornac ci-joint échangerait volontiers la place et le reste pour jouer ma Dame... Parole ! Pour une raison d'évidence : c'est qu'en plus de tout ce qu'on a, vous avez ce que vous avez (et si vous me comprenez bien, la réciproque n'est pas exacte).

---

1. L'effet P.P. : la privation de pénis.

Le guide des chagrins

Je peut se montrer un hôte médiocre, mais le vôtre est une hôtesse.

Le Petit Personnage s'évertuera donc à décevoir le moins possible, l'Autre évidemment. On peut décevoir tout le monde, ça n'a pas d'importance (ça n'a que des inconvénients), sauf soi-même, messire. La règle est rude et tient l'aguet : si l'on joue, il faut le savoir. On peut être un autre, mais mieux vaut se prendre pour soi. Ce qui n'entravera nullement, par ailleurs, la saveur d'aventure, d'insouciance, de liberté, l'homme souple du voyage. Cet homme-là fera comprendre à *Je* qu'il accueille le Visiteur d'une aube renouvelée, l'Invitée de la candeur de vivre. Votre Roi de trèfle et votre Dame de cœur vous aideront peut-être, en cette partie de colin-maillard. Si vous n'avez pas eu la main heureuse, l'homme de poche et la femme gonflée pourront vous fournir thème à fables gigognes, vous rendant le goût des histoires...

Car je vous connais, Charbonnier : vous n'avez qu'une hâte, vous cogner à nouveau au charbon. Redescendre au fond, fouiller la sombre veine, au risque du grisou et d'en prendre plein la gueule !... Incorrigible aventurier des profondeurs, votre passion finalement est de pousser votre petit soleil au front, plus loin, encore plus loin, dans le ventre jamais connu, Terre où tout reviendra dormir, au soir des envolées...

Votre ménage à trois — moi, je, vous — redeviendra vite, si votre vigilance faiblit, cette espèce de bagarre d'encre où l'on ne distingue plus le tien du mien.

Comment revenir ailleurs que sur ses pas

Cependant, à hôte hôte et demi ; car, jeu réciproque, vous serez l'hôte à votre tour. A peine franchi le seuil et rentré en vous, il sera — moi, toi, lui — accueilli par un air, un air d'autrefois, incroyablement nouveau, un air pour qui vous donneriez, bien sûr, tout Rossini, tout Mozart et tout Wèbre... Un air sur lequel il faudra mettre des paroles.

Vous le verrez aller au miroir, chercher sa ressemblance. Sur le lac, flottent les cygnes bleus du dernier été. Au loin, des oiseaux signent un ciel recommencé.

— J'ai rêvé de vous, cette nuit, dira la voix. Une voix lavée.

Et tout ce temps perdu !... Terrible, la question de temps... Jean d'Ormesson, accompagnant son *Vagabond*, dit que, finalement, Dieu, la suprême instance de tout, c'est le Temps. Kronos, en qui les Grecs voyaient déjà un comptable sourcilleux. C'est en effet le seul maître avec qui chaque jour se mesurer. Fatalement, il nous aura. Il a le temps. Mais on peut l'avoir aussi : en le doublant. (Voir, si vous avez le temps, en page 33 de votre *Guide*, notre calendrier de dispersion.) « Les bonheurs s'additionnent. » Il est vrai que, dans le film où Agnès Varda tente cette opération, l'addition se solde par une division suivie d'une soustraction. Regrettable. Il faudra donc vous mettre à la

Doublez votre temps

mathématique des ensembles flous, l'un corrigeant l'autre. L'une de mes femmes expliquait : « Il ne sait pas résoudre une division ! » C'est juste : je suis incalculablement partisan des additions (sauf celles des facturiers). Puisqu'on ne peut pas additionner le temps, il faut bien le faire de ce qu'il contient, non en le bourrant de jours mais en l'exaltant de moments. La seule façon de rattraper le temps perdu. Vous savez comment notre grand Marcel (qui avait un temps fou) a magistralement rattrapé le sien, par la mémoire, jusqu'en ses moindres plis, revenant méticuleux... Mais la Recherche, on peut également s'y donner par l'imagination. Et quoi que nous aient rabâché, depuis les bancs de nos culottes courtes (je parle d'une époque où l'on mettait encore des bancs et des culottes courtes), les distiques de nos apprentissages, le temps perdu se rattrape très bien...

Naturellement, il y faut quelque intrépidité, le mépris de l'âge, le risque de se perdre, du souffle, des oligo-éléments et des articulations entretenues.

Et le sens du plein temps gagné sur la pendule. Voyez, en ce projet, à compléter efficacement la Besace.

Cela observé, ne dopez pas vos chimères à grands frais : le chagrin ne vous oubliera pas. Il se bagarre sournoisement pour garder en chacun sa place au soleil. C'est un ringard de vieilles braises. Et à plusieurs vies, plusieurs chagrins : sachez mesurer vos risques. Pas de vie du tout pourrait seul vous préserver...

Cependant, les pincettes mises au feu, la saison

Comment revenir ailleurs que sur ses pas

viendra de vous offrir des ennuis plus douillets. Et la pratique rend plus habile : vous apprendrez à souffrir moins, en savourant mieux ce qui naguère vous laissait de bois. Vous apprendrez, mes bons, à pleurer à la manière de ces arbres d'élégance que j'ai connus en un pays de lumière : ils pleuraient en transpirant par les fleurs.

Quant aux arriérés insistants, tracassés par votre sonnette de palier, témoins en mémento mal partagés, bouffons de régiment, vous leur direz (avec ou sans ambages), au besoin en ponctuant de votre abat-cons et de votre pied courant, que Je Machin ayant rempilé pour la Légion, ils n'ont plus qu'à dégotter le Salut dans une Armée de rechange... D'ailleurs, on sent d'ici les oignons cramer dans la gamelle, et ça va faire vilain pour l'enseigne ! Tout le monde sait ça : cafard bouillu, cafard foutu.

Avec la « Bénédiction » de Baudelaire, gourmet du tourne-broche alexandrin :

Découvrez enfin la souffrance profonde

Soyez béni, mon Dieu, qui donnez la souffrance
Comme un divin remède à nos impuretés,
Et comme la meilleure et la plus forte essence
Qui prépare les forts aux saintes voluptés !

Vroum, vroum !... Eh bé !... En clair (comme dit toujours l'autre) et sous le jour justement de cette modernité toute présente, scintille le lumineux symbole : les temps sont venus des restrictions de souffrance.

Soyez béni, Allah, qui rationnez l'essence,

... car les temps sont venus de caler votre moteur avec le goutte-à-goutte des sanglots épargnés.

Il serait temps en effet de jouer les difficiles, sans plus vous éprendre du premier miroton pour en faire vos choux gras, de ne plus vous prodiguer dans l'abattement vulgaire, gaspillant vos mouchoirs et force barils de foudre. Il serait temps d'exiger la quintessence avant de consentir à humecter un cil...

Cet exorde exhortant, pour vous inciter, madame, en la poussive époque, à reconsidérer l'objet des amertumes, et ne plus vous ruiner en furies capricieuses : pour une échelle au bas (délicieuses ces échelles de nylon grimpant le long des jambes comme un frisson...), un coin de tapis rogné, un soufflé raplaplat, toutes infimes broutilles qui sèchent en vingt-quatre heures.

Quant à vous, monsieur « responsable de haut niveau », ou lampiste du fourgon, renoncez à vous prendre pour Jupiter soi-même : vous n'avez plus les moyens non plus. Le Feu du ciel, c'était possible au temps des cosmothermies gratuites. A présent, au tarif du kilowatt, si vous continuez à péter vos rognes de mille feux, vous finirez bientôt à la bougie. Rappelez-vous sagement ce qu'on a dit de ces grands artificiers, retirés finalement comme chacun dans la petite maison sans cheminée : qu'ils se croyaient indispensables... Ils ont dû se sentir bien déçus, quand ils ont constaté que ça tournait sans eux. Dans le Temps, tout est dispensable. La vie dispose d'infinies pièces de rechange. Avec ou sans nous, le monde continuera. Équilatéral !... On passe, on pose sa pierre, puis l'on s'en va. Nous sommes tous, Fleur de nave ou brasseur de fric, effroyablement subsidiaires : des lubies !... Alors, nos affres et nos devis, le monde s'en tape ! Noyée en ce vaste univers, notre échelle des choses est encore plus microscopique que celle du bas de madame.

Rien là qui ne soit découverte. On n'en reste pas moins d'incorrigibles gaspilleurs de mouron, semant nos grains d'astuce aux vents contradictoires. Économie, vous dis-je ! Circonspection ! Diète de la gamberge !... Votre peau de chagrin aura de plus en plus de limites. Cessez vos astringences !

Revenu de vos excès, bon juge en la dépense, vous reprendrez vos comptes, pour une balance saine : en remettant au Bien (ou du moins au Banal) tout ce que l'usage, la paresse, la complaisance mettaient jusqu'ici au Mal (ou du moins au Malheur). Le maximum. Et tant que ce système n'entamera pas ce soleil qui veille au fond, dès que vous ouvrez les yeux sur le monde, tant que la discipline ne se rebellera point, c'est que vous serez encore éloigné de la souffrance profonde.

Souffrant convertible, muant vos erreurs, sinon en réussites, au moins en expérience, vous réaliserez un meilleur placement de vos actions. Le gay repentir sera votre nouvelle banque de données. Votre méthode de fonds. Estimer dans le vert à moitié noir, le vert à moitié bleu.

Le guide des chagrins

Au demeurant, pas d'enthousiasme immodéré : Allah est grand, mais le rationnement de chagrin ne vous rendra pas drôle tous les jours. De temps en temps, ce serait déjà mieux.

Une fois la conversion ainsi entretenue, le cours des heures apparaîtra moins raboteux. Il ne restera qu'à réserver vos grincements de mâchoires pour le désespoir à motifs.

Pour une désensibilisation

L'époque est à la sensibilisation. Il ne se passe pas de jours où le tam-tam des médias ne vous contraigne à vous sensibiliser de toute urgence à l'orchestre des problèmes. Le hourvari ! Il importe absolument — absolutisme de rigueur — que le citoyen mis à pied (on dit plutôt « responsable ») se sensibilise à...

A l'inflation, à la crise de l'énergie, au Cambodge, aux anthropophages attardés, à la variété des scandales, aux poubelles débordantes, à l'émiettement des valeurs, à l'ayatollah, ouf ! bref ! à tout ce qui ne va pas (chœurs à suivre)... Que rien n'aille jamais, ça saute aux yeux et ça crève les oreilles. Mais quoi, bonnes gens ? Qui peut quoi ?... Même nos grands Gouverneurs gouvernés par l'Opinion, même ce P.-D.G. des États les plus puissamment unis du monde, c'est-à-dire en fait maître de rien du tout... Il n'y aurait qu'un moyen pour mettre au pas (de vis) toute cette vacherie, n'est-ce pas, c'est l'écrou méga-modèle qui force l'admiration des foules laborieuses, qui ferme les gueules et ouvre généreusement les camps du silence. Certes... Mais qui de nous veut en tâter ? Alors, eh bien, des dattes ! Et nous parlons d'abord au nom de ceux qui en tâtèrent. Nous disons avec un bel ensemble : — Permettez ? Repos !... Ma sensibilité, figurez-vous, tout comme la tienne Étienne, a été assez malmenée, depuis que des pans d'Histoire ont taillé des chemises aux illuminés, aux fripouilles, aux assassins... Alors, minute ! Rideau et Chat perché ! Je ne joue plus. On ne peut d'ailleurs pas persévérer dans un jeu de cons dont les règles sont cassées tous les jours.

Votre sensibilité, messeigneurs, ou ce qu'il en reste, vous vous la dorloterez, vous vous la protégerez, comme un moineau tombé du nid qui met un cœur entre vos mains. De goûts verduricoles, nous préférons le cinglé, à point plutôt que saignant. Et les mains de mon Amie aux joies de la bastonnade. Chacun ses goûts, c'est entendu : le goût des autres vous aiguisera un flair fleurant l'amble moussue. Humant plus loin, jusqu'à vos landes d'oiseaux rares, vous vibrerez de tout votre arbre, sourds à ces défoliants de la surinformation... La lutte contre le bruit, si c'est d'en moins faire, c'est d'abord d'en moins entendre. Et il est plus que temps, en ce vacarme suicidaire, de défendre à sauve-qui-peut, ce qui nous reste encore des quelques harmonies... Chez soi d'abord. En ce coin murmuré où la vérité maintient sa nudité parfaite...

Faut-il donc que j'ouïsse par là, vers les maquis hirsutes, le brouhaha de quelque tollé ?... Je sors (pour les rentrer) mes boules

Quies, et je me calte au calme. De l'autre côté. Car si de nos jours les dénigrants foisonnent, comptés sont les authentiques indignés. *Mei fratres,* prieurs en solitude qui entre nous soit dite : « Sans le latin, la messe nous emmerde. »

Ce repli stratégique, dont vous avez déjà goûté la bonne mesure, en cette itinérance de vos envols irréguliers (voir p. 70 et suiv. de votre *Guide*), vous permettra aussi de parvenir à une autre maîtrise de désensibilisation : le sens du classement. Vous arriverez, en votre particulier, à étiqueter, comme on le fait des cryptogames ou des cœlentérés, ce qui naguère encore vous touchait au plus vif : perfidie, mots insidieux, promesses reniées, on a le choix : la malveillance a le carquois fourni. Bientôt, il ne sera même plus question de cicatrices. La mode du cuir plastique aura cet agrément : elle vous fera le jabot et la culotte inertes. Progressant sur ce terrain, tout ce qui relève de la malignité vous laissera extrêmement distrait, intéressé seulement de sa définition.

Revenu sur vos terres et vos planchers, il faut prendre les choses d'un ton au-dessus, plusieurs si vous pouvez. Choisir la bonne distance. Vous sensibiliser à vous-même.

Vivez (parfois) idiots

Une fortification complémentaire, moins accessible, me paraît pourtant indispensable : ne vous montrez pas trop intelligent. Devenez même quelquefois franchement idiot. L'imbécile heureux est toujours assuré de la paix de l'esprit. Cette assurance-là aussi ne paraît chère qu'avant. Et rien ne réjouit le paltoquet adverse comme de tomber sur plus minus que lui. Soyons, braves Triboulet, l'objet de ce ravissement... Nous nous y retrouvons, tout déduit fait, car quoi de plus voluptueux que de se voir tenu en demeuré à la laisse d'un crétin ? Voilà bien des plaisirs gratifiants qu'on a tort de se refuser...

Certes, les débuts sont difficiles : il faut savoir s'astreindre au renoncement. N'avoir, devant témoins, aucune perspicacité, sur tout ce qui fait mousser les fins observateurs, et se donner pour beaucoup moins délié qu'on s'estime. Mais, justement, cet exercice campera en vous le personnage, développera vos dons de simulation, menant théâtre à la ville : un caractère de composition (enfin, on l'espère...).

Retranché dans ce rôle en or, *Je* deviendra introuvable, vraiment de la dernière désuétude... Et, tandis que vous serez fiché comme celui, ou celle qui n'a rien compris à l'Affaire Micmac, qui n'a pas suivi cet autre sommier Tounoir, insoucieux de ces « disco-discount » autant que des prédictions de Mme Lalune, sans parler de votre totale incompétence dans les domaines fébriles du causer-cocktail, ce bonhomme-là, rêveur, bouché, négligent, jamais dans le courant de ces marottes qui agitent les canards, bref ! tandis qu'on vous oubliera épatamment, vous pourrez tout à l'aise préparer votre budget-vacances, terminer un sonnet, revivre un beau souvenir, polir un mot d'acteur pour le prochain conseil de département, n'avoir d'yeux que pour ces yeux

là-bas, vous réciter « Le Meunier son fils et l'âne » ou la dernière histoire suisse poil aux cuisses, et pantoufler peinard dans l'escarpin étroit, en faussant compagnie à la Cie.
   La victoire consiste à échapper aux gens.
   Si donc vous voilà embûché dans un de ces cercles dont le centre est inévitable, nez à nez avec l'homme de la situation, avec la femme de genre, qui ont tout lu, tout vu, tout fait, ne vous exténuez nullement à les tirer de diverses erreurs. Tout au contraire. Encouragez de grognements persuasifs, engraissez le pataquès de vos bonnes mines, ponctuez d'exclamations intriguées... Surtout, surtout, ne pas contredire, ne jamais discuter : souvenez-vous, feignants, que vous travaillez pour votre hamac. Et aucunement pour briller aux côtés du soleil. Les haut parleurs ont soif de regards : versez-en ; d'assentiment : opinez derechef ; de considération : considérez sans lésine. Soyez le bon entendeur merveilleusement pas là...
   Vous y gagnerez l'estime des sots — ce qui est éprouvant —, mais vous vous garderez de ces controverses stériles, ébouillantées d'alcool, qui vous mettent sur les genoux, à coups dans les tibias, et sur lesquelles on se quitte roidis en fâcheries, crispés. Décrispons le crispin, mes amis. Décrispons.
   Sans doute me direz-vous que tout ça n'est pas très glorieux. Que cet esprit de feintise est indigne de vous, que vous ne craignez point de vous marquer, dussiez-vous en souffrir quelque dommage, et que reconduire le mesquin à son haricot ou remettre le butor à sa place fait partie des rangements d'ordinaire qui satisfont bien

Comment revenir ailleurs que sur ses pas

l'amour-propre... Certainement. Mais, en ce territoire autant qu'ailleurs, c'est une affaire de choix : on ne peut pas s'arrondir des bulles sur tous les tableaux ; on ne peut à la fois peigner la girafe et tordre son cou à l'éloquence... Vous trouverez donc en ce soin de travestissement un plaisir plus raffiné dont vous priserez vite la liqueur. Caméléon de la circonstance, incombustible avéré, vous découvrirez bientôt qu'il y a une sorte de vertige à compasser inaperçu, et que plus l'environ aura chaussé de fortes besicles, moins il vous distinguera en vos « régions inhabitées [1]... »

Au comble de l'abstraction, vous ne courez qu'un risque : c'est qu'on finisse par vous prendre pour un pouf et qu'on s'asseye dessus. Mais enfin, on n'a rien sans rien, et il n'y a pas de petit rôle dans les grandes scènes. On s'assoit bien sur les trônes... Au fait, vous serez à ce point désensibilisé que cela vous semblera d'un anodin extrême.

Quant à la coquetterie d'avoir raison, pour ceux qui n'en seraient pas encore revenus, permettons-nous une remarque : il n'est pas bien original d'avoir raison. Tout le monde a raison. Même le cœur. Tout système, avilissant ou dangereux, invente sa cohérence et sa justification, aujourd'hui qu'on excuse tout par l'explication. Navrant, mais vous n'y changerez rien. Et ne croyez pas qu'un électeur puisse céder sa voix pour la vôtre, (même si c'est la même).

C'est pourquoi, tout comme vous aviez eu

1. Toute autre « Région » réellement « inhabitée » : un beau roman de Robert Mallet, Éd. Gallimard.

Le guide des chagrins

recours à des notules de dissuasion qui ont dû faire merveille, au front plissé de votre retraite d'antan (voir p. 57), ainsi aurez-vous, dans la Besace de secours, en cette occurrence, non point l'acquêt illusoire des fascinantes solutions qui coupent le sifflet aux causeurs, mais, à cent lieux communs de là, toujours prêt à l'emploi, un nébuliseur de dissolution, propre à vous donner rapidement l'apparence du hallebardier le plus secondaire possible. Veillez à ce que votre évagation parvienne à une ténuité telle qu'on ne saisira plus guère de vous que les contours du personnage en fil de soie. Et, pour ne rien négliger, ce sera peut-être le moment, usant d'anciens Magnificat et puisant au cœur de votre Légendaire, d'invoquer à l'aide Notre-Dame-des-Contours de la Sainte-Baume...

Votre préservation sera le *Who's who* de la modestie, votre refuge, la grotte sacrée de Marie-Madeleine, l'une des tendres figures de la Dame. Une simple absence. Pour inconvenance personnelle.

Et vous tiendrez l'avantage des hypersensibles exercés : ce sens du plain-temps gagné sur les veaux à bascule.

Exposez-vous à la contagion   Ainsi en quête suprême, muni de la page blanche défendue mot à mot, fuyard rigoureux, mais attentif à vos allergies, vous allez, en catimini, partir à la recherche d'une épidémie rare et vous exposer aux miasmes de la gaieté.

Comment revenir ailleurs que sur ses pas

Traitons un premier mal ; guérissons d'abord d'un mot : le « bonheur ». A force de le bourrer d'autre chose, on a donné à cette tumeur une enflure certaine. A l'origine, définissant le signe de « bon augure », il ne rassemblait pas les frénétiques purulences qu'il exige aujourd'hui, cette boursouflure, assez niaise disons-le... En un tel grossissement, le bonheur est une hypothèse, un prurit de la cervelle. Une vue loupée. L'antilope, le lombric, la sauterelle vivent dépourvus de bonheur, et apparemment bien. L'épinevinette et le marasme aussi [1].

Par contre la gaieté existe. Dans la joie, le bien-être, la fantaisie, dans les grains de beauté, les doigts de la création, au cœur de l'air du temps (quand on se donne du temps et de l'air), la gaieté fonctionne. En outre, elle profite aux autres et se laisse partager. Elle n'a pas cette odeur de boîte où l'on enferme certains bonheurs. Bien des chagrins même ne sont pas étrangers à la gaieté. La gaieté, ce n'est pas forcément de se croire heureux ; c'est l'acceptation du mouvement qui porte la vie. Mobile, gracieuse, piquante, amicale, souvent femme, la gaieté ne s'appesantit jamais, ne cherche pas l'exception mais s'accommode du tout-venant, n'envoie pas de message mais communique par ses petites ailes... Elle vole, oiseau léger, écrit entre les lignes, propose un autre vent, fait l'instant soyeux...

On l'a dit : il faudrait enseigner aux enfants

---

1. Le marasme est un petit champignon parfumé, dit aussi « mousseron d'automne ».

l'art d'être heureux. Ce serait le meilleur programme en effet. Mais nous ne voyons pas qu'il intéresse tellement les cogitateurs en pédagogie, qui s'embourbent indéfiniment dans les ornières de traverse... Après l'école sans Charlemagne, il y a eu l'école sans Dieu, l'école sans classes, l'école sans maîtres. On en est à l'école sans école... Orpailleurs de la Petite Bête, les concepteurs du temps sont des piffomaîtres : ils enseignent du bout du nez. Il faudrait loyalement apprendre aux enfants que la vie est une aventure, non un supermarché d'assistance ; qu'elle demeurera, quoi qu'on fasse, un ensemble d'avatars inégaux, une succession d'essais et d'entreprises — avec leurs échecs et leurs succès — d'événements qui vont et d'autres qui ne vont pas... Et qu'il faut faire aller, à moins d'aller faire ailleurs.

Il faudrait leur dire et leur montrer l'essentiel des chaleurs qui veillent en chacun : le Désir et la Volonté. En désinfectant ce mot « bonheur ». Car, allons honnêtement jusqu'au bout : si ce monolithe réputé bonheur existait, ce serait, au dernier ressort de sa plénitude, ce serait l'extrême satisfaction à se savoir mortel. C'est tout. Et le reste est rumeur.

Au lieu d'emmener ces enfants-là vers nos campagnes premières où la graminée embaume, on préfère, d'entrée de jeu, les ligoter sur pied, les « sensibiliser » n'est-ce pas aux inépuisables problèmes, d'ailleurs hors de leurs préoccupations, les déguisant en Homais précoces, semant en ces parterres de fleurs la grisaille du doute... Former vite les malheureux d'un monde injuste.

La vie aura toujours ses tunnels. La méthode,

Comment revenir ailleurs que sur ses pas

c'est de les parcourir les yeux ouverts bien sûr, mais fixés sur la sortie.

Ainsi, se laisser contaminer par la gaieté est devenu de plus en plus improbable. Les rieurs se cherchent, contagieux extravagants, mais ne se trouvent point. On se donne des visions par télésignes », mais on doit s'amuser tout seul... Vous rencontrerez, par-ci, par-là, des patients investis de virus surprenants : promoteurs de marchés aux puces, obsédés de la perceuse du ouiquinde, sales managers, boutiquiers d'horoscopes, collectionneurs de yatagans, ingénieurs tape-système, rémouleurs de slogans, demandeurs d'exploits (à vous la suite...). De rieurs, point. Excepté en des salles affectées à cet usage, où des contorsionnistes du verbe déclenchent des tempêtes de rigolade sur simple déhanchement. Jamais une annonce n'oserait afficher dans un « journal sérieux » :

Soyez l'heureux contaminé

> Offrons bien aise stable à personnes plus
> ou moins spirituelles, inventives et drôles,
> à plein temps ou temps partiel, capables
> aérer ambiance. Situation d'avenir.

Jamais. Pourtant, quoi de plus sérieux que la gaieté ?... Mais en ce monde perdu, on ne veut que des gagneurs.

C'est que le rire s'inscrit dans les transports

gratuits ; dépense sans bénéfice, spéculation d'ornement, sans meilleur placement que les notes du haut de la gamme, vous voyez d'ici, déjà, son caractère suspect. A se garantir les sens contre l'invasion des infatigables publicitaires, toujours prêts à le pourvoir en bricoles, l'*Homo sinister* de nos années bouffies a pris les tics et les rictus d'une rogne qui lui font, à s'y méprendre, le faciès du traqué permanent... A Cro-Magnon, là-bas, tranquille et sans rien de rien que ses grains de sureau et ses ours caverneux, démuni de tout matériel, l'*Homo primus* trouvait sans doute de quoi se réjouir l'espace, artisan nécessiteux.

A présent, assiégé par les marchands, quasi menacé, il ne peut plus rire et se détendre qu'en de brefs instants, bouclé, à l'abri des VRP en chagrin, rongeurs avides d'ouverture. (Dans un ancien patois de Gênes, *sagrina* signifiait « ronger »...) Alors, évidemment, Bonhomme sent le renfermé, nourri de poussière et de qui-vive. Il a le guet maniaque, il vous prend à trois lieues pour un de ces fournisseurs en inutilité, un de ces hâbleurs de grisgris qui vous retourne une existence en deux coups de semonce et trois mouvements de portefeuille – négoce en pléthore ou abstinence, c'est selon... Des as ! Mazette, il se méfie ! Il présente son barbelé en guise d'accueil : pour le sourire, vous aurez le bonjour d'Alfred... Il se tire fissa fait, en vous toisant sur place, l'œil braqué sur votre anonymat, et vous vous dites, tout désarmé soudain :
— Pourvu qu'il ne tire pas !
Ainsi, chers Souffrants, vous aurez là encore

Comment revenir ailleurs que sur ses pas

un beau sujet de recherche. Vous fouinerez inlassablement, en quête de rigolocoques, aidés par votre rouage essentiel et vos intentions cachées.... Le rigolocoque est un microcoque de haute subtilité, assez voisin du virus, en forme de tire-bouchon, et qui se manifeste, dans l'organisme atteint, par une démangeaison incoercible des terminaisons sensibles et la contraction des muscles zygomatiques.

Ce syndrome a tout lieu d'alarmer le praticien qui ne manquera pas de vous dresser une sévère ordonnance de Rigocycline, antibiotique à large spectre, et dont vous aurez soin de ne suivre que la contre-indication. Car la rigolococcie, encore désignée parfois sous le nom de *vis comica*, n'est pas du tout le vice de nos contemporains. Cette heureuse maladie s'est heurtée à une campagne de vaccination tellement draconienne, que son éradication est maintenant reconnue officiellement par les sommités du corps chagrinal. Au point que l'on parle, ces temps-ci, de renoncer à l'obligation antimariolique.

Si donc, chère Consœur, cher Confrère, il vous arrive de devenir le terrain d'élection d'un rigolocoque, je vous en conjure, ne consultez point. Laissez-vous infecter avec résignation, dilatez vos plexus à l'invasion microbienne, jusqu'à la gangrène généralisée... C'est ce que peut vous souhaiter de mieux le médecin de papier qui vous conseille. Pour la raison que le tonus qui vous envahira correspond à la définition que l'O.M.S. donne de la santé : « Un état de complet bien-être physique, mental et social. »

Le guide des chagrins

Tout savoir sur la bureautique du chagrin

Bien alimenter vos dépits n'est certes pas négligeable. Cependant, il vous faut, pour éviter perte de temps et dispersion d'énergie, une méthodologie régulatrice de vos chagrins. « Cent heures de chagrin ne payent pas un sou de dettes... » — il y a parfois des proverbes de quelque intérêt. Les temps ne sont plus à l'inspiration artisanale, où l'on pouvait se permettre des brouillons à recommencer, sans que votre équilibre budgétaire dût en souffrir... Rira bien, vous rirez à votre tour.

Nous qui sommes extrêmement attentifs à vous installer confortablement en votre staff aux emmerdements, nous allons vous proposer un logiciel à polarisation étudiée, de façon à faire tourner au rendement optimal votre entreprise, par le calcul précis des ratios. « Au bureau, dit le SYMSO, quand on est bien installé, c'est plus facile de travailler. » J'ai découvert le SYMSO au SICOB, envoyé par la SITOBA. La SITOBA, ça ne vous dirait rien, même en sigle développé. A moi, ça ne me dit déjà pas grand-chose. Par contre, le SYMSO, qui baigne dans les Systèmes d'Organisation, vous dit ceci :

— Trois Français sur cinq et deux femmes sur trois travaillent au bureau.

— Le tertiaire occupe en France 11,5 millions de personnes et s'est accru de 50 % en vingt ans.

— Son développement va encore s'accentuer au cours des prochaines années.

Comment revenir ailleurs que sur ses pas

Outre l'addition bizarre qui consiste à ajouter deux femmes à trois Français, et la découverte d'une ère tertiaire qui ne cessera de s'accroître, ce qui, à la réflexion, est peu surprenant (constats, ici, hors de notre propos), nous nous arrêterons un instant pour préciser que si cinq personnes sur huit sont au bureau, il n'est pas intrépide d'avancer que dix personnes sur dix pataugent dans l'huile de vidange des contrariétés.

Vous offrir enfin ce système d'organisation dont vous rêvez n'est donc nullement superflu. Un aménagement systématique de la vie de chagrin, comportant des postes d'écœurements fonctionnels, une ergot-nomie performante, un conditionnement de vos crève-cœur, des tensions personnalisées, des cafouillages évolutifs, un stockage de griefs, un listing d'entrepreneurs en harcèlements coordonnés — devis à la demande : cette bureautique des ennuis facilitera votre gestion, dans un module plus attrayant et plus flexible... (— Ah oui ? Ah bon.)

Votre boudoir style Nouille deviendra une structure de dé-brouillage, où des décideurs plus participatifs se feront un plaisir de venir vous retourner les sangs. Ainsi motivé, votre facteur de progrès deviendra un facteur prospectif. Interlocuteurs privilégiés, des vétilleux design, accourus des plus réputés cartels, n'hésiteront plus à vous soumettre un choix de zizanies intégrées sur des supports adéquats : microniches, macrobeans, cartouches vidéo à pleurage rapide, tartes perforées, logoscopes à bredouillage standard, etc., pour l'exploration combinatoire de vos ruminations, articulée selon un codage syntagmatique. (— Très bien. Ensuite ?...)

Au niveau de la terminologie, vous êtes déjà assuré d'un embrouillamini programmé par des microprofesseurs, visant à relativiser votre seuil de saturation aux concepts initiaux, ajustant des procédures d'insertion, à l'aide (— Oh oui, à l'aide !) d'un *software* scripto-audio-visuel, tout autant que psycho-socio-culturel (— Plaît-il ?... Consulter la notice...), étant entendu, toute cohérence égale d'ailleurs, que la structure d'évaluation négligera de mesurer les données réellement opérantes du cursus motivationnel. (— Ah bah !... Tant pis.)

Ceci, sans préjudice d'accéder à une communicatique interprétative de la sensibilité artificielle, en vue d'un diagnostic de séquences-vie, choix catégoriel de poussée-colère, moment-larmes, poussée-gueule, moment-déprime, poussée-désespoir, etc., (— Poussez pas tant !) pour une créativité élective du dialogue de sourds. Le contenu des échanges réduisant la problématique des différends en relais-rupture, où vous risquez quelque lumbago mais qui vous ménageront des stop-over d'auto-analyse dans le continuum indifférencié de votre entreprise de démoralisation, permettant l'observation *in retro* des comportements relationnels ainsi déglingués par un stimulant inducteur à la pertinence étroite...

— Bon, ça va, merci, j'ai compris couic.

— Un instant encore, cher patient ; rasseyez-vous, cher apprenant...

... Si vous le désirez, chère et cher bien-entendants, nous pourrons — spécialement pour vous (moyennant un supplément modique) —

Comment revenir ailleurs que sur ses pas

approfondir l'étude d'un schéma ordinogrammatique, serrant au plus près et au plus offrant la mise à plat du citoyen Lambda ainsi axiomé, pour l'instauration sur coussins d'air d'un bilan d'élucidation définitive (— Vous croyez ?) du blocage participationnel, afin de normaliser par une négociation d'analyse V.I.C.S.[1] une bonne régulation de votre *modus chagrinandi*, assorti d'un feed-back non transférable (— Comme c'est dommage !) mais... mais débouchant sur une hypothèse d'autonomie... De quoi étouffer le chrétien de la Besace. Mais bien sûr, ce sera un peu plus long...

— Ah non ! Ah non ! Ah non !

Aussi parfaitement équipé, il ne vous restera plus qu'à surveiller le tableau de bord, à estimer d'un œil averti (— Un œil averti en vaut combien ?) les clignotants qui vous alerteront en cas de fléchissement funeste du rendement, fixant les seuils de correction et les implications d'objectifs. Un jeu d'enfant (sans intérêt). Dans le chagrin, quand on est bien installé, c'est plus facile de se lamenter. (Voir le graphe de modulogramme sur un cas de figure d'alternative.)

Au demeurant, comme le précise le SYMSO, une organisation performante peut rester humaine. Vous ne renoncerez pas à vos sofas ni à vos mouchoirs de soie, vous accordant quelques douceurs d'appoint entre deux solutions à problèmes...

---

1. *Verbal Interaction Category System* d'Amidon and Hunter.

Le guide des chagrins

Vers la re-création des problèmes

Puisque nous abordons le labour des problèmes, nous nous arrêterons un instant en lisière pour méditer sur cette équivalence moderne des chagrins, puis, grattant un peu la motte, chercher comment se modèle cette argile du vocable : keskun problème ?

Ainsi arpentant, nous allons essayer de poser le problème sans trop faire de bruit, sans déranger personne. En ce dessein, nous rencontrâmes un cultivateur de la problématique dont la végétation nous a paru remarquable, occupé dans la culture d'un traité consacré au débroussaillage des problèmes[1].

Voici annoncée une des banlieues du problème :... « Il n'y a pas de problème " en soi ", mais un problème " pour soi " ; il y a problème lorsqu'on ressent quelque chose à la fois comme insatisfaisant et stimulant et que l'on décide de s'y attaquer. Mais ce que l'on appelle problème n'est que la *perception* que l'on élabore en soi, de toute une série de données, de faits observés, de témoignages, d'incidents, d'informations, en un mot dont la " forme " ainsi construite représente à nos yeux la situation problématique que l'on va étudier. En étude de problème on ne travaille pas sur des faits, mais sur des images et sur des formes. »

---

1. P. CASPAR, *Master of Science* (entre autres), *Problèmes. Méthodes et stratégies de résolution,* Éd. d'Organisation, 1978.

Comment revenir ailleurs que sur ses pas

Entendez-vous ?... Un problème n'est pas un fait, c'est une fiction ; ou plutôt une série de petits « tiens, tiens, qu'est-ce que je vois là, vous dites ? », victimes de l'enregistrement fantasque de vos sens. On flanouille donc du côté de ces jardinets biscornus où chagrinote la culture de vos oignons, cette serre à resserrement tellement chère à votre quant-à-moi qui y laisse mûrir ses douces-amères... Imagination aidant, rien n'empêche à vos poireaux de palmipéder en Arbre du Voyageur, cet arbre que la nature a justement toujours pourvu de larmes, et à vos minimes aigreurs de tourner citronnelle... Mais allons plus loin (on ne risque pas aller partout), allons jusqu'au fond du jardin, là où nos lierres meurent et s'attachent, grattons un peu le Vieux Mur, que discernons-nous ?... Vous ne voyez pas ?... Que s'il n'y a pas de problème réel, la mort n'est qu'une tromperie, cette brèche dans le mur en forme de chas... Et qui n'est si souvent invoquée que comme idéale solution à toute espèce de fictions de problèmes, stratégie d'inhumation en attendant quoi on ne finit pas de s'inventer des chagrins provisoires, des « images » et des « formes »...

« C'est dire qu'un problème peut paraître simple, et ne l'être pas, ou complexe alors qu'il ne l'est point... » A qui le dites-vous, mon brave ! Que de courges prises pour mon salsifis, que d'émincé de salade pour de la grosse légume ! Ah la la ! Je vous épargne le détail, allez !...

Il importera donc d'obtenir de votre bineuse informatique, la mesure exacte de vos ivraies. Vous ne sauriez croire le mal de herse qu'on peut

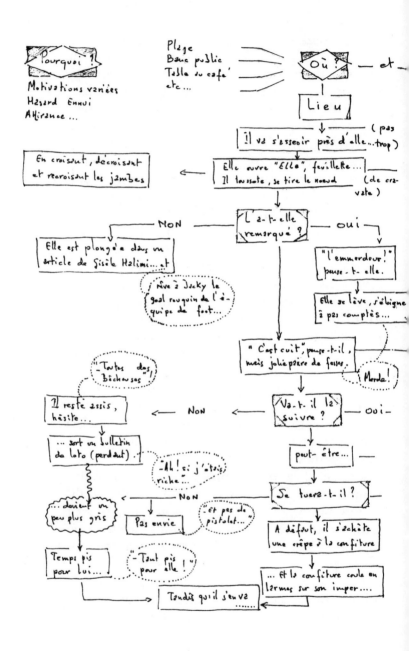

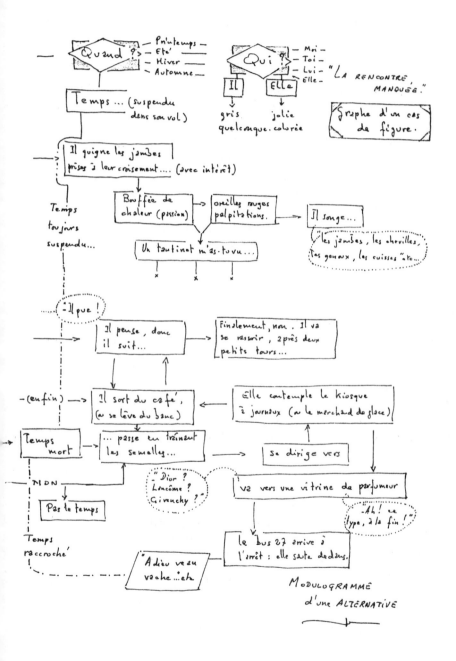

avoir à cerner le tumulus d'un « vrai » problème ! Crevant. A côté, le « panier de la ménagère », auquel nos sondeurs ne se fatiguent pas de remettre la main (bizarre, ça, vous ne trouvez pas ?), à côté dis-je, c'est guimauve et serpolet !... Le contenu du panier dépendant essentiellement du titulaire posant problème, chacun faisant danser l'anse du problème à son panier... Illustration banale entre mille :

1º Vous restez coincé dans l'ascenseur entre deux étages. Bon. Vous vous fredonnez : « Ne nous affolons pas Lison, lisons, lisons les instructions du constructeur, lesquelles ne pourront moins faire que me renvoyer à des boutons prévus pour réveiller un préposé, titiller quelque système destiné à la bonne marche de l'engin... » Mieux encore, vous vous dites, en rotant haut (car vous êtes seul dans la cage) : « C'est épatant, me voilà tranquille pour un bout de temps... »

2º Mme Bambelade, votre voisine, reste coincée dans l'ascenseur. Horreur ! Elle ne se dit rien (à vous non plus d'ailleurs), s'affole, parcourt les instructions sans rien comprendre, presse et tire sur tous les boutons, hurle au secours, s'époumone, prend une crise d'asthme, barbote dans la panique, alors que la machine repart gentiment pour le bon niveau...

Un problème et deux jardiniers. A la limite (ces temps de limitation nous limitent jusqu'au raisonnement !), deux problèmes sans rapport... D'où « la relativité de la notion de problème ». D'où, subséquemment, que de mémoire de jardinier, on n'a jamais vu mourir un problème.

Comment revenir ailleurs que sur ses pas

Mais alors, mais enfin où se camoufle-t-il, cet invraisemblable « vrai » problème, nom d'un petit monôme ?... Notre Maître défricheur, assisté d'un expert en cœurs de rave, nous le révèle : le « vrai » problème se situerait dans « le cœur lisible du client[1] »... Si vous avez l'œil assez cartomancien pour y déchiffrer comme en un livre de comptes à rebours.

Car votre cœur, cher client et non moins coûteuse cliente, est-il tellement lisible ? Vous l'avez sans doute expérimenté à la pointe de votre tête de lecture : il n'est pas aisé de lire chez les autres. Et chez soi donc ! D'autant que, nous affirment les enquêteurs, les Français ne savent plus (à la lettre) lire. Reste la lecture des interlignes, dont le babil varie *a fortiori* d'un client à l'autre. Avec nos Pantalons politiques par exemple, ce qui serait intéressant à récolter, c'est systématiquement tout ce qui n'est pas semé, ces herbettes, frivolant entre les rangs de carottes, le « non-dit », comme on dit... La radiographie du « cœur lisible » de M. le Premier ministre ou du lopin de panais de ce Bouseux Général de grand Parti Pris serait du plus haut intérêt pour l'avenir du suffrage universel et la promotion de la débroussailleuse... Mais avez-vous jamais consulté cœurs plus ourdis que chez ces clients-là ?

Las ! Le problème du problème reste entier (néanmoins éparpillé en d'innombrables radicelles).

---

1. Michel FUSTIER, *Le Cœur lisible du client,* Le Management.

Le guide des chagrins

Cultivez votre chagrin d'acclimatation

Empêtré dans ce compost du problème, il convient de revenir à vos graphiques de gausse, appliqué au principe vétéran des vaches bien gardées : vous, votre métier c'est le chagrin. Foin de la moisson des autres ! Alerte aux girouettes et aux interférences ! Il est temps d'assurer l'avenir de vos chagrins, en « dépassant le point mort » d'une retraite monotone, en cultivant le jardin, comme s'il devait prospérer, indéfiniment, au-delà du mur... A cet effet, vous resterez dans le coup des soucis, alimentant une bonne bile de croisière, restant dans la fourchette d'un mouron à consommation courante, ce qui vous assurera une longueur de crise suffisante, sans pourtant vous endetter en des performances de reins et de cœur incompatibles avec la stabilité de votre entreprise...

Dans *l'opus incertum* des chagrins, vous découvrirez de plus en plus que vous mettez les pieds à côté. Que tout ça, finalement, la pâquerette et le caillou, les joies et les peines, c'est bien difficile à départir. Que la vie est faite de fructueux alliages... Il n'est pas simple d'identifier l'herbier, et, mis à part, comme nous le disions, les foudroiements de l'existence frappant au coin du sort, la plupart du temps nos contrariétés sont de la graine d'agacement tombée des pavots du quotidien...

Itaque... (— Prononcez : itakoué...)
— Pourquoi ?

Comment revenir ailleurs que sur ses pas

— Parce que c'est du latin.
— Encore du latin ? Y a longtemps qu'on l'a perdu !
— Retrouvez-le. Car le latin, on y revient (comme à Félixpotin).

Itaque (c'est pourquoi) nous ne saurions trop vous inciter à recourir, en cas de culotte posant problème, à votre triage cybernétique, de titiller gouzi gouza les touches de votre pupitre, tout en relisant soigneusement, sans hésitation ni murmure, le descriptif de ce coûteux bibus... Ce qui vous occupera suffisamment les soirs d'hiver, vous dissuadant de vouloir, jusqu'au printemps, démêler dans votre parc à chagrins.

Si, après la confusion mentale qui ne manquera pas de s'ensuivre, la fatigue ainsi contractée vous le permet, je vous convie (mais si, mais si !) à méditer devant une flambée de charme, cette lueur rassérénante que, tout bien déposé, les embêtements aussi font rire (ceux des autres sont toujours plus amusants...) et qu'en laissant pousser, par-ci, par-là, le chardon et l'oseille sauvage, on se prépare, pour nos songeries de re-création, des bouquets secs d'un bel effet.

L'art de ces bouquets exige un recyclage émotionnel continu, séminaires que l'on peut toujours partager avec des amateurs aussi éclairés qu'ambigus... Où l'on y débattrait, à coups de batteur à œufs et de revolver à grenache, du dosage des mixtures. Ce qui pourrait aboutir à cosigner un Livre Noir aux contrastes réconciliés : « Comment dissoudre au mieux les calculs de nos vessies » (pour en espérer des lanternes).

Le guide des chagrins

En veine de loisir, vous pousserez peut-être le vice jusqu'à remuer vos nids à poussière de la cave au grenier... Vous y trouverez de tout, sauf les pochettes-surprises ouvrant sur les présumés dénouements... C'est fréquent, et tout à fait explicable, pour la raison qu'à un problème qui vous dérange à ce point, il n'y a pas de solution. Mais plusieurs autres. Revenez de votre désappointement et de vos toiles d'araignées en renouant, pour les beaux jours, avec la compagnie d'un élevage...

Élevez des phasmes

De *phasma*, vision. (Après le latin, le grec. Et si vous protestez, je m'en vas vous causer chinois.)

Les phasmes sont d'inoffensifs fantômes, en forme de brindilles quelconques bien qu'orthoptères et doués de mimétisme. Le phasme se montre d'un naturel tellement effacé que certains auteurs le nomment « phasme morose ». On dit même que, pour simplifier les rapports, la plupart des phasmes se débrouillent pour fabriquer des enfants tout seuls. Ainsi sont-ce des visions femelles.

Vous apercevez la simplicité d'un tel élevage : amateur de feuilles, avec une prédilection pour le lierre, votre phasme se contentera d'une cage vitrée munie d'ouvertures à fin treillage, d'un peu d'eau et d'un ramequin de terre ou de sable destiné aux œufs d'une problématique descendance.

Comment revenir ailleurs que sur ses pas

En entretenant ces fortuites vapeurs, vous assurez à domicile, sans frais notables, le renouvellement de l'espérance qui s'engendre elle-même et qui, au gré de la rêverie, revêtira des aspects divers, couleur de vos souhaits secrets... Passe-temps chimérique, modeste procédé d'évasion sur place, votre délectation, pour transitoire qu'elle sera, se dégustera à pipées fumeuses... Détourné pour un temps (mais tout n'a qu'un temps) de l'asservissement de votre désherbage assisté, vous vous éverturez à ces volutes idéales, confidences d'improbables errants, venus d'ailleurs et sans doute de beaucoup plus loin.

L'étonnant avec les phasmes est que, n'existant guère, ils mobilisent autour d'eux énormément d'énergie, de discours et d'histoire... Ainsi, des personnages aussi fameux que Cyrano, Don Quichotte, le chevalier Des Grieux, Paul et Virginie, Bouvard et Pécuchet, Nadja ; des esprits aussi vifs que Jean-Jacques, Hugo, Nerval, Proudhon, Jules Laforgue le Lunaire, Freud, Proust, Jean-Paul Sartre, etc., ont été fervents éleveurs de phasmes inscrits dans l'histoire des utopies. Inversement, il existe de purs phasmes qui ont pris à s'y méprendre la densité du réel, au point de se faire croiser dans la rue. Tel fut le Major Thompson qui a reçu et reçoit encore un abondant courrier.

Fort de ces exemples prestigieux, ne désespérez pas qu'un jour (ou plutôt une nuit) vienne où vous verrez se lever d'une de ces bulles un petit soleil aux joues roses qui vous renverra l'arc-en-ciel de votre reflet dilaté... Alors, vous pourrez décroiser les bras, les jambes, et aussi ces mêmes gens que vous n'arrêtez pas d'avoir vus dans la rue, pour repartir en quête de tourments substantiels, d'avenir, d'aventure... Substantiels certainement, mais heureusement incertains, car l'avenir, espéré à partir de votre fauteuil relaxe, reste un gros inconnu, comme l'a dit justement un gros connu : il n'est inscrit nulle part... Inutile de harceler S.V.P. Seuls, des idéalistes attendrissants, pariant sur l'avenir de l'Homme, téméraires ma foi, s'entêtent à y voir on ne sait trop quel Paradis controuvé... Au fait, de quel « homme » parlent-ils ? Il y en a tellement ! Et à force de causer de l'Homme, ils se croient tous majuscules.

Merveilleux phasme que cette futurologie peuplée de citoyens réfléchis, généreux, voués au bien collectif, mais qui, dans ses conjectures allaitées au lait de licorne, reste aussi probable que la trame de votre avenir dans la gogomancie des voyantes.

L'utopie a cela de fascinant qu'on peut tout en attendre. Disposer le futurible en équations serait fort satisfaisant pour l'esprit, réalisant ce vieux rêve : connaître son avenir et l'infléchir à sa guise... On trouve même des terrassiers de choc qui, forçant le barrage du temps, n'hésitent pas (s'ils hésitent en tout cas, ça ne se voit pas) à planter les pieux d'une science de l'Avenir (majuscule aussi celui-là). Ils appellent ce travail « Institut de technologie prévisionnelle appliquée ». On s'y applique à une « exploration anticipatrice du Futur, en toutes matières, fondée conjecturalement sur l'étude de la Cyclologie

Comment revenir ailleurs que sur ses pas universelle, sur la Dynamogénie numérale et sur l'Arithmosophie[1] ». Bigre ! Ample tâche...

Si vos anticipations vous paraissent assez phasmeuses, vous pouvez toujours leur envoyer une communication.

Mais avant de fulgurer aussi témérairement, et comme nous ne négligeons aucun aperçu qui aiderait à banaliser votre déambulation conflictuelle, après le *hardware* des machins lourds (attention les pieds), nous semons ici quelque menu fretin d'un modeste vivier, quant à la bonne manière de mener votre esquif sur le fleuve du chagrin (oh ! comme ces phonèmes me plaisent bien !), une sorte de trucologie fluide à l'usage du pêcheur (ou « pécheur », au choix) à la traîne, et qui peut s'avérer de quelque secours, aussi bien dans le domaine de votre étang privé qu'au plan, ran tan plan, de vos dérives publiques et professionnelles...

Comme dit Nourissier, qui craint le verglas devant son *Musée* : « Quand on met le pied dans les idées générales, on glisse. » Je serai bref : je ne tiens pas à me casser la jambe – la droite (la moins tordue). Un mot, à l'amble, à ceux qui « ont tout pour plaire ». On dit qu'ils ont en outre de la chance. Voire... Ne trouvez-vous pas suspect d'avoir tout en quoi que ce soit ? Cette

Trucs pour plaire et pour déplaire

---

1. 2, boulevard de Longchamp (à Marseille, il est vrai...)

Le guide des chagrins

façon obèse de situer le charme et l'attrait ne peut faire appel qu'à des signes grossiers, peu sûrs, signes extérieurs de mode qui font la couverture des magazines.

Le charme naturellement, c'est bien autre chose que ces posters. C'est d'abord une émanation de l'inexplicable. Pour plaire, vous vous parfumerez donc, non point de patchouli, mais d'une discrète ambiguïté, d'une pointe de tragique dans la légèreté, d'une note d'ironie dans le drame. Et vous aurez cette aura secrète au seuil de laquelle personne ne pourra plus vous rejoindre. Vous essoufflerez les suiveurs avec le trot de vos détours... Bien sûr, à travers chants, vous ne plairez point à tout le monde. Surtout pas à ceux qui tireront la langue (chargée à vue). Qu'importe ! Plaire, c'est aussi déplaire et se traîner aux chausses des Javert sans merci. Plaire ainsi déplaît, parce que le charme est subversif.

Vous qui ne plaisez qu'à quelques-uns, qu'à quelques-unes, vous prendrez soin de cet effluve-là. Vous serez captivant sans le savoir, singulier sans éclat, énigmatique sans inquiéter. Séduisants, messieurs, vous aurez l'élégance au naturel. Vous vous arrangerez pour être blonds avec des yeux noirs, bruns avec des yeux bleus, grands pour ces femmes obnubilées par la toise, modérément athlétiques, spirituels (encore plus modérément), dans le vent (sans perdre l'équilibre)... Si vos moyens vous le permettent, vous serez encore distrayants, même carrément rigolos : une femme qu'on fait rire tous les jours vous pardonne presque tout (sauf d'en faire rire une autre). Ayez de l'argent, mais n'en parlez jamais ;

Comment revenir ailleurs que sur ses pas

soyez un rien farfelus (pas trop surtout !). Et par-dessus tout cela, ayez une poigne au gouvernail : main d'aluminium dans un gant de pécari. L'homme fort qui n'en a pas l'air. Car on raconte encore que les femmes adorent être dominées sans le savoir. Les hommes aussi...

A cela bien entendu, vous ajouterez le piment personnel qui achèvera le portrait... Ah ! j'oubliais :

... Vous qui cherchez à plaire,
Ne mangez pas l'enfant dont vous aimez la mère.

Vous l'avez reconnu : c'est le grand couteau de Victor, qui se voulait maître Hugo dans cet art-là aussi.

Évidemment, vous ne parviendrez à cette maîtrise qu'à force de penser à autre chose. Tout un labeur.

Citons encore pour mémoire la cuisine de Tante Yvette, moulinette des âmes simples et qui garde ses fervents : « ... Persévérez, Muscade, soyez dévoué, empressé, soumis, plein de soins, de prévenances, docile à mes moindres caprices, prêt à tout pour me plaire... et nous verrons... plus tard. » Maupassant, qui a beaucoup plu, savait quelle recette nous faire lire.

Quant à vous, Filles et Femmes qui êtes le charme en vie, vos vases seront toujours nos viviers de lumière. Là où vous passez, rien n'est plus inépuisable que la magie de vos visages, que les mondes de votre corps, balle de soleil portée par son élan... Nées de la grâce même, maîtresses des eaux du regard où les égarés vont boire, où

Le guide des chagrins

toute musique devient cette voie soluble, où vos sourires disent la bonté mobile (— N'exagérons rien !... Mais si, mais si !), vous êtes le fruit multiple où bat le noyau en forme de cœur... Douceur, esprit, tendresse, franchise, naturel... le tout brodé au nerf de la fantaisie. Et l'on ne dit quoi d'autre où tout jugement se nie...

Cela promis, il n'y a rien en ces écrins qui vous garantisse contre tout chagrin (rien pour non plus...). La science du chagrin est elle aussi, comme diraient nos cyclologues, conjecturale.

Les recettes ne sont pas la cuisine. Et ce sont les femmes qui vont aux robes, comme nous allons aux femmes. Par distraction.

Pleurons,
vous ferez le reste...

Nous arrivons au terme de notre aventure. Vous allez bientôt refermer ce *Guide*.

Pour une thérapie du terrain

Nous avons essayé, au cours de ce dépaysement, de vous montrer l'avers et le revers de la médaille, l'endroit et l'envers du chagrin — mot-flacon que nous avons distendu à dessein en y mélangeant des essences variées, afin de vous proposer, en une suite économique, l'exploration étudiée de nombreux points de vue. A défaut de vous refaire une santé, peut-être avez-vous commencé à vous refaire une opinion.

Bien évidemment, nous ne prétendons pas, en votre si courte compagnie, avoir fait le tour de la question. Nous laissons à des concurrents plus véloces — Jet Tours et Cie — la performance de vous déboussoler à la vitesse des réacteurs tous azimuts. Quant à la prétention évoquée, des penseurs éminents à la plume aiguisée s'y sont épuisés, sans y parvenir non plus.

Notre *Guide* ne visait qu'à vous tracer des ébauches d'itinéraires, des directions sinon des directives, à vous aiguiller vers des réussites, car il importe davantage de réussir les échecs que les triomphes, à vous cuirasser de satin molletonné, contre votre ami numéro un : ce Moi adversaire du Jeu. Ainsi munis de viatiques interchangeables, qui ont tous ce dénominateur : la nocivité minimale, vous allez maintenant pouvoir sortir de la Besace, outre votre désir d'y remédier, votre traitement de choc.

Que cette locution brutalisante ne vous induise pas en erreur : il s'agit de traiter le choc et non *par* le choc ! Non point le remède de cheval, mais au contraire la foulée souple, le menu à vos mesures, la camisole de longue haleine... Ce type de traitement nous paraît venir à point, instruit comme vous l'êtes désormais de notre principe général d'assimilation, temporisé par le principe de diversion (souligné dans l'antiguide incorporé). Vous voilà fin prêt pour vous attaquer par vous-même, et dans le défilement du quotidien, aux causes insidieuses de votre mal bien-aimé. Ainsi allez-vous devenir votre propre médecin [1].

Je va revêtir la blouse à fleurs du chagrinopathe.

Vous comprenez, mon cher Confrère, ma chère Consœur, que ce simple énoncé justifierait

---

1. N'omettez surtout pas de vous inscrire au Conseil du Contrordre. Aucune cotisation à verser. Seulement un verre d'eau de Vichy.

Pleurons, vous ferez le reste...

le titre d'un volumineux traité d'automédecine. C'est pourquoi nous ne pouvons, dans la mince ordonnance de ce guide, qu'en dégager les petites lignes, vous donnant les horaires (illisibles) d'autobus en direction de la Santé, de quoi régénérer une première cellule :

1º La cause profonde des chagrins n'est pas l'effet de quelque agression microbienne (d'autant moins que Pasteur a réglé son compte à la rage). Elle navigue en vous-même, sécrétée par vos cyclothymies [1].

2º Aucune prise de médicament ne traitera le mal à la racine. C'est à vous d'inventer et d'essayer votre propre remède. (La prise de courant donne souvent de bons résultats.)

3º Toute crise (de fièvre, de nerfs, de larmes, de mutisme, etc.) est une réaction de défense contre le mal et non le mal en soi.

4º Loi de similitude : *Similia similibus curantur* (nos semblables sont traités par leurs semblables), grand principe de la sociopathie, comme vous savez, à peu près découvert par Håhnemann. Nous l'appliquons à notre objet : un chagrin est plus ou moins bien traité par un autre chagrin ; un triste sire est maltraité par un triste coco, etc. Pour être plus précis : un chagrin est traité par une raison (contrariété, ennui, angoisse) qui, chez un homme joyeux, déclencherait le symptôme.

5º Toujours dans l'esprit de cette thérapeutique, nous recourrons à la dilution infinitésimale des empoisonneurs pour traiter nos em-

---

[1]. De *cyclo*, qui tourne et *thymus* (jeux et) ris de veau.

poisonnements. (Voir p. 95 et suiv. Formule « âme sœur ».) La loi des contraires ne sera appliquée que dans les manifestations aiguës : violences, menaces de mort ou de mutilation, cachexie... Elle vous autorise alors à recourir aux antidépresseurs à dose massive : pistolet-mitrailleur, grenades, gaz asphyxiants, bombes à neutrons... (Pharmacopée martiale — nous insistons bien — d'usage tout à fait exceptionnel !)

6° Hippocrate a dit (paraît-il) : « Chaque homme a des maladies proportionnées à ses forces. » On doit donc mourir d'autre chose. Luttez avec courage ; il y a en vous une réserve d'immunité. Évitez cependant le surdosage de bile.

Ces bons préceptes, vous les tiendrez en sentinelles au garde-à-vous sur le pas de votre guérite, gardiens de votre guérison revenue de guerre (ô guet, ô gué !). Que vous deveniez en ce terrain votre propre thérapeute ne peut qu'arranger tout le monde : vous-même d'abord, qui vous connaissez mieux que personne et qui savez ce dont vous avez furieusement envie. Qu'attendez-vous donc pour vous rendre la santé ?... Le médecin généralissime ensuite, que votre manie-cassette ennuie visiblement, et qui trouve (en son for intérieur et flapi) que cette chronicité manque décidément d'accès périodique pour lui payer ses traites de voiture (la grippe est particulièrement prisée de ces docteurs honoraires causa et j'ai le mauvais réflexe de ne jamais l'avoir).

Défaites-vous également de votre tricot de

porc et d'une fatuité funeste : votre personnage n'intéresse vraiment que vous-même. Et aucun autre ciron. Ah ! cet implacable égoïsme de la vie ! Certes, mes bons amis, certes. Sans désirer aucunement vous décevoir, je consigne sur la feuille de soins, qu'à part notre nombril, je ne vois vraiment pas, hors les touristes aux passages rapides et de rares coéquipiers très très polis, je ne vois pas qui nos petits déboires peuvent inquiéter. Il ne viendrait au micro d'aucun reporter, dépêché par ces organes de compresse qui se déchirent dans la relation ampoulée des énigmes névrotiques, de se précipiter à votre porte, pour y recueillir le récit recueilli de vos bévues et les larmes de vos crocodiles... C'est dur. Ouille, oui, c'est dur ! Le dur durant la vie rend la vie durdurante. (Quel train d'enfer !)

Et c'est aussi pourquoi nos chagrins perdent beaucoup en saveur thérapeutique. Ils soldent mais sans réclame. Ils moisissent et glougloutent en infusions croupies, loin des synthétiseurs de la renommée...

Exercez-vous plutôt à tirer de votre anonymat les marrons du feu intime. Sachez-vous irremplaçable, car vous ne l'êtes qu'à votre propre pardessus (s'il est suffisamment usé).

Adoptez aussi un calendrier rotatif. Ce n'est sans doute pas seulement par hasard que le premier ingénieur inventa la roue. La roue, dessin parfait de l'espérance : tout est parti qui reviendra, les saisons et les rois ; et l'avant-dernier sursaut. Cercle solaire et formes de femme... Tenez, à l'instant où je vous parle du soleil, je vous écris des ronds dans l'eau : il pleut au mois d'août.

Le guide des chagrins

Pire : il pleut sur le béton. Il pleure sur ma vieille enfance. C'est tout à fait foireux : je suis désespéré. Je laisse, sans trop savoir pourquoi (mais je ne veux pas le savoir, comme gueulait l'adjudant de mes vingt ans...), guetter dans mon gousset aux conclusions, une gamme de gélules au sommeil comprimé et un beau pistolet, chargé de dix balles, qui me ferait au bout de ce texte une excellente suite de points de suspension. En ces fins-là, on doit même avoir du mal à compter jusqu'à trois. C'est bien, je déteste compter. Je ne compte même pas sur moi. Ah ! dormir enfin ! Et sans ronfler. Ces deux remèdes viendraient à bout de cette pluie, nom de Dieu ! Et du reste. Qui est pire encore que toutes les pluies. Je vous le confie lâchement : je me dégoûte inexorablement. Dans quelques jours, mon Administration, cliniquement incurable malgré tout ce qu'elle s'administre, me remisera dans quelque encoignure de bureau, à déchiffrer des imprimés inqualifiables. Là, on n'est plus dans la bureautique mais dans le bureautoc [1].

Par ailleurs, il me semble que j'ai commencé de vieillir : l'accélération de l'infime histoire. Vous me direz que cette usure-là commence dès le berceau. Oui, mais on met un certain temps à s'en apercevoir... « Mourir n'est rien, a chanté Brel pour finir. Mourir, la belle affaire ! Mais vieillir, oh vieillir !... » Pourtant, on ne peut pas se tuer tous les jours. Sauf à se le dire. Alors quel jour choisir ?... Choix délicat. Beau thème d'hésitation encore, n'est-ce pas !...

---

1. Depuis, j'ai eu le fin mot. Toutes les encoignures étaient prises ; j'ai finalement obtenu un strapontin dans le couloir.

Pleurons, vous ferez le reste...

Eh bien, chers Frères et Sœurs, n'hésitez plus : poussez à la roue. En attendant. Attendez-vous à tout et même à autre chose. On « attend » tous, c'est entendu. Mais auparavant, le retour du soleil : la chaleur, la tendresse, le mûrissement du désir... On sait peu de choses certaines. On a cette certitude : il y aura toujours des beaux jours. C'est ce que vous appellerez se traiter par les simples, « médicament qui ne contient qu'une seule substance », nous dit Littré. Cette substance ? L'Idée fixe : vivre. Relisez le cri de vie de ce roi qui se meurt de mourir : je n'ai jamais entendu de souffle plus tenace. « On ne peut pas vivre mal, dit le roi. C'est une contradiction. » Il râle dur, le roi, avant de partir ! Vivre est bel et bon. D'ailleurs, le grossier remède que j'évoquais plus haut a ceci de choquant : il est définitif, et j'ai aussi horreur du définitif. Ah ! je sais, je suis difficile ! On n'est jamais assez exigeant avec l'avenir. Remède de fainéants, donc. Nous n'en sommes point.

Respirez encore une bonne fois de plus, allez !... Respirez, mangez, buvez, dormez !... Aimez. Aimez jusqu'à votre chagrin qui veille sur votre vie. On est toujours plus heureux de ce qu'on aime que de ce qu'on n'aime pas.

Y a-t-il d'autre essai à la vie que d'essayer de tout aimer ?

Tirer parti de ses déconvenues, au lieu de devenir bête et méchant, n'est pas, quoi qu'il en semble, une discipline de fuyard. On peut très bien esquiver, tenir à distance, sans déserter. Ainsi me parlait l'oncle Paul de la boxe française, au temps du melon et de la canne-épée... Ce sera dans votre moi d'été, votre Grand Œuvre. Le microbe n'est pas rien, le terrain n'est pas tout... Mais dans l'élan, la vigilance distancera toujours les rassis.

C'est pourquoi vous pleurerez mieux, puisque vous ferez le reste. En jouant, comme dit Béjart, « un instant dans la vie d'autrui ». Un instant dansé. Pour rire aux larmes.

Dans la trousse de secours, quelques adresses[1]

- *S.O.S. Amitié Ile de France*
Tél. 364.31.31
- *Centre de préparation au mariage*
6, avenue Vavin, 75006 Paris
Tél. 325.94.98
- *S.O.S. Couples*
Tél. 539.37.37
- *S.O.S. Femmes battues*
Tél. 731.51.69
- *S.O.S. Espoir*
Tél. 370.69.26
- *Débarras*
Tél. 878.55.78

---

1. Nous ne garantissons pas l'actualité de ces références, qui ont pu changer ou qui changeront (elles aussi...) et qui sont bien entendu largement incomplètes et presque uniquement parisiennes. Ce n'est là que l'illustration de l'en-tant-que-de-besoin que chacun peut élaborer sur ses terres...
Nous avons aussi négligé dans ce répertoire, les adresses des prisons, églises et autres temples, morgues, pompes funèbres, cimetières et crématoires (se renseigner sur place). En ces lieux, rien ne presse.

Le guide des chagrins

- *Centre antipoisons de Paris*
Tél. 205.63.29
- *Les Amis de Pénélope*
278, rue de Vaugirard, 75015 Paris
Tél. 531.26.88
- *Association Comme tout le monde*
30, rue de Chaillot, 75016 Paris
Tél. 723.52.62
- *Centre de Synthèse*
24, rue d'Aumale, 75009 Paris
Tél. 526.14.49
- *Réseau du Souvenir*
92, rue de Miromesnil, 75008 Paris
Tél. 563.71.28
- *Aide à toute détresse*
24, rue Brillat-Savarin, 75013 Paris
Tél. 588.38.06
- *Les Amis de la Nature*
197, rue Championnet, 75018 Paris
Tél. 627.53.56
- *Les Amis du Lieu-dit*
6, rue Richard-Lenoir, 75011 Paris
Tél. 379.59.10
- *Association de l'Impasse de la Providence*
5, passage Montenegro, 75019 Paris
Tél. 205.67.92
- *S.O.S. Prière*
Tél. 273.11.70
- *Les Amis des monastères*
9, rue du Banquier, 75013 Paris
Tél. 331.54.40
- *Association de Méditation transcendantale*
1, rue Étienne-Marcel, 75001 Paris
Tél. 233.84.60
- *Centre d'oxygène relaxation*
277, rue Saint-Honoré, 75008 Paris
Tél. 260.27.11

Dans la trousse de secours, quelques adresses

- *Centre permanent de la mer*
195, rue Saint-Jacques, 75005 Paris
Tél. 633.08.61
- *Association pour l'étude des problèmes avancés*
39 bis, rue de Dantzig, 75015 Paris
Tél. 842.22.96
- *Aux Amis du Beaujolais Picolet-Pierrefeu et Cie*
28, rue d'Artois, 75008 Paris
- *Amicale-Comptoir des Articles de Fêtes*
32, rue Vignoles, 75020 Paris
Tél. 370.21.00
- *Air et Santé*
7, rue Guillaume-Bertrand, 75011 Paris
Tél. 700.04.72
- *Fédération de Boxe française savate*
25, boulevard des Italiens, 75002 Paris
Tél. 742.82.27
- *S.O.S. Talisman*
Tél. 522.94.17
- *Refuge Nicolas-Flamel*
69, rue du Château-des-Rentiers, 75013 Paris
Tél. 583.20.20
- *Fédération française de karaté et des arts martiaux affinitaires*
15, avenue de Choisy, 75013 Paris
Tél. 584.34.84
- *Fédération française de Jeux de dames*
46, rue Saint-Jacques, 75005 Paris
- *Cercle français des Collectionneurs de cartes postales*
117, boulevard Saint-Germain, 75006 Paris
- *Club des Cheveux blancs*
12 bis, rue Saint-Jean, 75017 Paris
- *Les Veuves civiles de Paris*
133, rue Raymond-Losserand, 75014 Paris
Tél. 543.64.86
(Veuves militaires ? Elles savent...)
- *Service du Réveil*
Tél. 463.71.11

Le guide des chagrins

- *Tankonalasanté*
1, rue des Fossés-Saint-Jacques, 75005 Paris
... Et cætera, naturellement.

En ultime instance, pour la frousse de secours, appelez :
- *Notre-Dame-du-Perpétuel-Secours (H silence !)*
Tél. 757.55.60

Table

Préface, par Pierre Daninos 9

Pleurez, nous ferons le reste 13
Avant de sombrer 21
    De quels papiers se munir ? 21
    Quelles bouées emporter ? 22
    Les médecines obligatoires 23

1. Comment réussir un vrai chagrin 25
    Un zeste d'analyse 27
    Pour une économie du chagrin 28
    Ayez donc des histoires 33
    Achetez d'abord des mouchoirs 38
    Profitez de la nuit 40
    Devenez votre chagrinologue 44
    Pincez-vous... 48
    Administrez votre boudoir 51
    Faites-vous des niches 55
    « Assumez-vous, que diable ! » (à dire aux autres) .. 58

2. Se mettre en vacance du monde 65
    Gagnez au change 68

Le guide des chagrins

Suppléments pour envols irréguliers	70
Formule « Âme seule »	72
Aimez-vous sans pudeur	74
Se désennuyer des ennuyeux...	78
Cherche charme sachant charmer	81
Manger le (pain) blanc avant le noir	84
Transit, hôtels, pensions	85
Séjour club bungalows	89
Pour des pliants dépliés	92
Formule « Âme sœur »	95
Extensions optionnelles	101
Cherchez-vous et vous trouverez	104
Animation, sports, artisanat, culture	107
Bricolez votre bazar	109
Coins Show-Chocs du voyage	113

3. Comment revenir ailleurs que sur ses pas 119
   Le barda : souvenirs, objets typiques et autres diapos . 124
   Nécessaire de retour 127
   Voies d'accès 131
   Je est un hôte 133
   Doublez votre temps 137
   Découvrez enfin la souffrance profonde 139
   Pour une désensibilisation 142
   Vivez (parfois) idiots 144
   Exposez-vous à la contagion 148
   Soyez l'heureux contaminé 151
   Tout savoir sur la bureautique du chagrin 154
   Vers la re-création des problèmes 158
   Cultivez votre chagrin d'acclimatation 164
   Élevez des phasmes 166
   Trucs pour plaire et pour déplaire 169

Pleurons, vous ferez le reste 173
   Pour une thérapie du terrain 173

Dans la trousse de secours, quelques adresses 181

*La composition
et l'impression de ce livre ont été effectuées
par l'imprimerie Aubin à Ligugé
pour les Éditions Albin Michel*

AM

*Achevé d'imprimer le 19 octobre 1981
N° d'édition, 7147. N° d'impression, L 14009
Dépôt légal, 4ᵉ trimestre 1981*

Imprimé en France